L'HOMME ET LE
DIABLE DES BOIS

L'HOMME ET LE DIABLE DES BOIS

ANDRÉ VACHER

ÉDITIONS
MICHEL
QUINTIN

Données de catalogage avant publication (Canada)

Vacher, André

  L'homme et le diable des bois

  (Grande nature)

  Pour les jeunes de 11 ans et plus.

  ISBN 2-89435-234-4

  I. Titre. II. Collection.

PS8593.A33H65 2003 jC843'.54 C2003-941440-X
PS9593.A33H65 2003

Révision linguistique : Monique Herbeuval
Illustration : Jocelyne Bouchard

La publication de cet ouvrage a été réalisée grâce au soutien financier du Conseil des Arts du Canada et de la SODEC. De plus, les Éditions Michel Quintin bénéficient de l'aide financière du gouvernement du Canada par l'entremise du Programme d'aide au développement de l'industrie de l'édition (PADIÉ) pour leurs activités d'édition.

Gouvernement du Québec – Programme de crédit d'impôt pour l'édition de livres – Gestion SODEC

ISBN 2-89435-234-4

Dépôt légal - Bibliothèque nationale du Québec, 2003
Dépôt légal - Bibliothèque nationale du Canada, 2003

*La Nature n'appartient pas qu'à l'homme,
l'ours, le loup, la truite ou le corbeau ont
les mêmes droits que lui.*

La rançon du succès

Dans le nord du Québec, pas loin du grand lac Mistassini, s'élève en pleine forêt une ville de dix mille habitants, toute neuve, moderne, avec ses maisons identiques et ses rues bien droites qui forment un parfait quadrillage. Elle a poussé très vite, si vite que pour simplifier l'existence à ses habitants, on n'a pas donné de nom aux rues, uniquement des numéros, du sud au nord, tandis que de l'ouest à l'est on les qualifiait d'avenues, en les identifiant pareillement.

Au départ, c'était à peine un village, poste avancé dans la forêt, où les trappeurs indiens et blancs venaient porter

leurs fourrures et s'approvisionner. Ils
en profitaient pour tromper un peu
l'isolement dans l'unique taverne qui ne
désemplissait pas au printemps. Dans
cette atmosphère surchauffée, alourdie de
fumée et de bruit, circulaient les dernières
nouvelles parfois vieilles de plusieurs
mois, mais les conversations s'arrêtaient
net et des cris de bienvenue fusaient des
coins les plus obscurs de la salle lorsque
arrivait Jo Chibougamo.

Bien qu'il fût de race blanche, les
Indiens cris de la région le dénommaient
ainsi, en souvenir d'un des leurs à qui il
sauva la vie jadis. En outre, ils appré-
ciaient grandement ses qualités de coureur
des bois, tout autant qu'ils respectaient
son imposante stature. La plupart des
Blancs avaient oublié son vrai nom, et
certains, même, n'étaient plus très sûrs de
ses origines, tant on lui reconnaissait de
talents en forêt.

Jo Chibougamo ne venait pas souvent
au village, parfois on ne l'y voyait pas de
quatre ou cinq mois, et cette absence
alimentait les innombrables interrogations
qui couraient à son sujet. L'homme lui-
même se plaisait à entretenir le mystère et

ne révélait jamais vraiment ni le lieu ni le but de ses activités. Il relatait, en feignant de les trouver banales, quelques-unes de ses dernières aventures, car il attirait l'aventure. Rien, pour ce personnage haut en couleur, ne se passait jamais simplement; il avait le sens des situations extraordinaires. Aussi racontait-il des histoires incroyables que, bien sûr, il pimentait un peu, sans que personne s'avise de mettre sa parole en doute, à cause de la sympathie et d'un certain magnétisme que l'homme imposait à tous. À cause de sa force aussi.

C'est ainsi que Jo Chibougamo prétendait avoir fendu d'un seul coup de hache le crâne d'un ours qui voulait l'attaquer. Une autre fois, un ours encore lui avait marché sur le dos pendant son sommeil pour aller voler de la nourriture au fond de sa tente, mais il dormait si fort cette nuit-là qu'il ne s'aperçut de rien et identifia le coupable par ses traces le lendemain seulement. Il disait aussi qu'un soir d'automne, à la chasse, lorsqu'un orignal blessé avait voulu le charger, il avait empoigné la ramure de la bête pour la déséquilibrer d'un coup, la terrasser et prestement lui planter son couteau dans la gorge...

Que restait-il de vrai dans tout cela? Personne n'accompagnait Jo Chibougamo pour le dire, mais au-delà des exagérations, l'homme demeurait un authentique coureur des bois pour qui la forêt n'avait plus de secret. Les interminables hivers de ce pays rendent plus réceptifs aux récits fabuleux, et Jo Chibougamo possédait à la taverne un public qui accueillait toujours sa venue comme un soleil d'été, car, en plus de la verve, l'homme avait une habitude propre à lui gagner chaque fois de nouveaux amis : lorsque après une longue absence il arrivait dans l'unique hôtel-restaurant-taverne du village, il posait mille dollars en billets sur le comptoir en disant au patron :

— Voilà pour mes frais.

L'autre savait que « ses frais » comprenaient la chambre, les repas et tout ce que lui et ses amis boiraient de bière pendant son séjour. En fait, le nombre et la soif des admirateurs de Jo Chibougamo déterminaient le temps de son séjour. Une fois la somme épuisée, le patron disait simplement :

— Y a plus rien, Jo, je t'offre un dernier verre.

Le lendemain, Jo Chibougamo repartait en forêt, et tous auraient bien voulu savoir ce qu'il allait y faire, car, une fois encore, après ces quelques jours passés à boire à ses frais, ils n'en connaissaient pas davantage à son sujet. Certains détails les intriguaient particulièrement : Jo Chibougamo ne vendait parfois qu'un maigre ballot de fourrures au magasin général, mais pouvait fort bien revenir un mois plus tard avec une montagne de peaux. Faisait-il quelque trafic avec les Indiens?

D'autres fois, il revenait même sans rien et se hâtait d'aller voir le postier pour envoyer une lettre ou un télégramme. Ce dernier lui remettait aussi du courrier venant de Montréal ou de Toronto, et certaines enveloppes contenaient des chèques que le patron de la taverne lui échangeait contre de l'argent. Alors que la plupart ici gagnaient leur vie avec le trappage, Jo Chibougamo, lui, s'arrangeait toujours pour obtenir de l'argent, sans même rapporter de fourrures.

En réalité, il était prospecteur. Son père l'avait initié, très jeune, à la minéralogie, ce qui devint rapidement une passion lui permettant de gagner sa vie sans avoir à quitter la forêt. Certes, il chassait et trappait comme ses amis indiens, mais simplement parce que son mode de vie le lui imposait; son grand plaisir était de creuser le sol, d'écailler les rochers à coups de pic, de fendre les pierres pour en étudier la composition.

Jo Chibougamo était prospecteur indépendant. Il aurait pu s'attacher à une compagnie et toucher un salaire fixe pour ses recherches, mais il préférait plus que tout conserver sa liberté. Il explorait de vastes territoires et tenait une carte détaillée de ses voyages. L'expérience et un sens particulier lui permettaient de déceler presque à coup sûr la présence de tel ou tel minerai dans un terrain. Quelques indices lui suffisaient pour justifier un prélèvement effectué à la pelle et à la pioche, parfois à plusieurs mètres de profondeur. Il notait alors avec précision l'emplacement et la nature du gisement, puis s'efforçait ensuite d'en déterminer l'importance. Si la découverte semblait intéressante, il négociait alors avec une compagnie minière. Les tractations prenaient bien du temps avant qu'on lui envoie un premier chèque en signe d'option. Parfois d'ailleurs les choses en restaient là, à moins que des experts ne viennent faire leur propre évaluation, ce qui valait souvent un autre chèque à Jo Chibougamo. Mais la nature demeure imprévisible, et quelquefois de bons indices débouchaient sur un piètre filon. Les coûts d'exploitation, ainsi en pleine forêt, apparaissaient si élevés que les compagnies gardaient en réserve ces quantités hypothétiques de fer, de cuivre, de plomb, de zinc, d'amiante, d'argent, d'or... soigneusement repérées sur la carte, pour les extraire le jour où les mines plus accessibles deviendraient stériles.

Ainsi, Jo Chibougamo, malgré ses certitudes, ne connaissait pas vraiment l'ampleur de ses découvertes, car aucune encore n'avait conduit à l'ouverture d'un chantier. Cependant, les quelques personnes au courant de ses recherches prétendaient qu'il savait l'existence de gisements fabuleux qu'un pacte avec les Indiens l'empêchait de divulguer. Cela signifierait la destruction de la forêt, la fuite du gibier et la fin de la vie tranquille sur la terre ancestrale pour les tribus de Cris des environs. Les Indiens lui faisaient confiance car, à leurs yeux, un homme comme Jo Chibougamo, qui avait choisi de vivre en forêt, préférerait toujours cette liberté à l'argent ou au confort des villes. Ils ne manquaient jamais de s'arrêter à son campement pour fumer quelques cigarettes et boire du thé en sa compagnie. Parfois ils lui laissaient un lièvre fraîchement capturé ou une queue de castor. Ils parlaient de chasse, de trappe, et inévitablement des trésors qu'ils avaient sous les pieds, car les Indiens savent bien que tout ce qui brille attire les Blancs, et ces pierres de cuivre qu'ils déterraient parfois leur inspiraient toujours quelques inquiétudes.

Quant aux Blancs du village qui, par hasard, le rencontraient en forêt lors d'une partie de chasse ou de pêche, ils se sentaient obligés en rentrant d'exagérer la grosseur de ses poissons ou la taille de l'orignal qu'ils l'avaient vu dépecer.

Pour les uns comme pour les autres, sur les bords du lac Shabogamawo, Jo Chibougamo devenait un peu le héros entré vivant dans la légende.

Un jour d'été, comme il se trouvait depuis une semaine à l'hôtel, ou plutôt à la taverne, à payer à boire à tout le monde, le patron, d'un air confus, laissa tomber la phrase rituelle.

— Y a plus d'argent, Jo, je t'offre un dernier verre.

— Eh bien, je vais m'en aller mes amis, lança Jo Chibougamo, mais cette fois je serai moins long à revenir, je fais juste un saut à Montréal…

— À Montréal! s'exclamèrent-ils, eux pour qui la grande métropole semblait au bout du monde.

— Oui, à Montréal, reprit Jo Chibougamo sans donner d'autres détails malgré les questions pressantes.

Pour tous, son image venait de grandir encore, car, vu du lac Shabogamawo, Montréal était infiniment plus inquiétant que les pires tréfonds des forêts d'Abitibi.

Le lendemain, avant de prendre l'autobus, Jo Chibougamo se rendit au magasin général troquer sa veste à franges en cuir d'orignal contre des habits neufs comme on en porte en ville. Bien qu'il eût choisi les plus chers, il paraissait gauche, mal à l'aise, en cherchant ainsi à masquer son allure de coureur des bois, sa prestance d'homme de la nature pour s'inventer une autre image, ce qui fit dire à tout le monde qu'il allait traiter une très grosse affaire. À la taverne, les conversations ne se nourrirent plus que de cette idée génératrice des suppositions les plus farfelues. Certains avancèrent que Jo Chibougamo était simplement parti chercher une femme digne de lui pour l'accompagner dans ses pérégrinations, ce qui ne manqua pas de créer des remous parmi les Indiennes habituées à vider quelques verres à sa santé.

Maintenant, tous attendaient impatiemment le prochain autobus. Deux liaisons par semaine joignaient Montréal au village; parti un mardi, Jo Chibougamo rentrerait peut-être le vendredi suivant...

Il arriva l'autre lundi, toujours affublé de son costume sombre, froissé comme un chiffon. Trois hommes l'accompagnaient, en costume également, mais, chez eux, on voyait que c'était une habitude. Ils transportèrent de grosses valises à l'hôtel, des malles plutôt, avec les coins renforcés de métal. Lorsque, dans la soirée, Jo Chibougamo pénétra dans la taverne flanqué de ses trois compères, ses amis, impressionnés, étouffèrent enthousiasme et curiosité pour se contenter d'un salut discret. Mais les messieurs de la ville ne s'attardèrent pas et, à peine eurent-ils passé la porte, qu'un cercle se refermait autour de Jo harcelé de questions. Pour compenser le flou de ses réponses, il offrait de la bière à profusion, pourtant les hommes ne désarmaient pas, ils voulaient savoir ce qui se tramait. Alors Jo Chibougamo inventa une histoire, il raconta que le gouvernement entreprenait une mise à jour des cartes du pays et que ces trois hommes étaient des cartographes venus pour étudier la région.

— Je dois les guider le long des rivières, sur les lacs, en haut des montagnes, dans chaque vallée… pour qu'ils fassent des relevés exacts, précisa Jo.

— On n'a pas besoin de relevés exacts, répliqua un vieux trappeur, on la connaît par cœur, la région!

— Nous, bien sûr, mais à Montréal, ils veulent savoir à quoi ressemble notre coin!

— Pour mieux venir pêcher dans nos rivières et chasser dans nos forêts!

— Non, c'est loin Montréal, vous en faites pas les gars, c'est sans danger pour nous.

Mais tous n'en étaient pas aussi convaincus.

Le lendemain, de bonne heure, Jo Chibougamo pénétrait en forêt avec les trois hommes et les caisses à coins renforcés, sans que personne ne connaisse vraiment leur destination.

Ils reparurent presque un mois plus tard. Les citadins semblaient très fatigués, ils ne passèrent qu'une nuit à l'hôtel avant de regagner Montréal. Jo Chibougamo, lui, avait donné mille dollars d'avance pour ses frais, ce qui signifiait qu'il resterait au moins une semaine. Chaque soir, dès la fin de l'après-midi, il tenait table ouverte à la taverne et le nombre de ses amis grandissait tous les jours. Évidemment, les conversations aboutissaient toutes au même sujet : le passage de ces « étrangers » et leur voyage en forêt. Mais, Jo Chibougamo ayant eu la prudence d'étoffer la thèse de la cartographie, il se trouvait ainsi en mesure de fournir des réponses logiques au feu nourri de questions dont il était la cible. Cependant, les craintes ne s'estompèrent vraiment que lorsque le prospecteur, après avoir reçu une lettre contenant un chèque, annonça qu'il restait une autre semaine. Il redonna mille dollars au tavernier et les beaux soirs continuèrent.

Les trois citadins revinrent deux fois encore avant l'hiver, et Jo Chibougamo les conduisit à nouveau en forêt, séjournant ensuite une semaine à l'hôtel, trinquant le soir avec qui voulait bien profiter de sa générosité. Puis, lorsque la froidure emprisonna lacs et rivières sous une carapace de glace et que la neige eut uniformisé les paysages, il s'occupa de sa ligne de trappe.

Il ne reparut qu'au printemps avec un joli ballot de peaux de renards, de castors, de visons, dont il retira un bon prix au magasin général.

C'est alors que son attitude, à nouveau, intrigua et fit parler à la taverne. D'ordinaire il utilisait les bénéfices de la trappe pour améliorer ou renouveler son équipement d'été, mais là, au lieu de changer sa vieille tente ou de remplacer son canot, il acheta un costume, des souliers bas, une petite valise et divers articles bien inutiles en forêt. Puis, après quelques soirées mémorables avec ses amis, il prit un beau matin l'autobus pour Montréal.

Tout le monde s'attendait à le revoir une semaine ou deux plus tard, peut-être accompagné de ses trois citadins. Mais non. Un mois s'écoula, et Jo Chibougamo n'avait toujours pas donné signe de vie. Après les innombrables suppositions, l'inquiétude gagna bientôt les habitués de la taverne. Des Indiens sortirent de la forêt pour savoir pourquoi sa cabane restait vide depuis si longtemps; l'hôtelier songea même à envoyer une lettre à Montréal pour demander des nouvelles, mais une lettre à qui? Jo Chibougamo était si secret qu'il ne laissait jamais d'adresse.

Et puis, un jour, arrivèrent les trois citadins. Pressés de questions, ils ne purent fournir le moindre renseignement. Peu après, d'autres personnes les rejoignirent et, au début de l'été, on vit entrer au village de gros camions transportant de la machinerie, des tracteurs, des bulldozers. Dès cet instant les choses allèrent très vite: les arbres furent arrachés pour faire une route là où ne passait qu'un sentier, presque jusqu'à l'ancienne cabane de Jo Chibougamo. D'autres engins se mirent à creuser le sol pour en extraire des roches que des camions emportaient à pleine benne, des roches très lourdes, verdâtres avec des reflets jaunes : du cuivre.

En peu de temps, le chantier prit d'énormes proportions. Des ouvriers affluèrent pour exploiter cette immense mine à ciel ouvert et, pour les loger, on aligna des roulottes à côté du village, de plus en plus de roulottes. On dut aussi construire plusieurs restaurants, des magasins, et, rapidement, un hôtel, des maisons, d'autres magasins, d'autres restaurants, d'autres maisons, pour satisfaire une population sans cesse croissante. Une véritable ville poussa en moins de deux ans, qu'il fallut baptiser et doter d'une mairie.

On l'appela Chibougamau, en hommage au découvreur du filon de cuivre qui lui donna naissance. Cependant, le jour de l'inauguration, Jo Chibougamo n'était pas là.

Le souvenir de sa haute stature, de sa voix tonitruante, hantait encore la taverne, mais rares étaient ceux qui buvaient à sa santé. Les Indiens lui reprochaient la transformation du pays, le massacre de la forêt, la pollution des rivières, la disparition du gibier... et même parmi les Blancs beaucoup maudissaient ce cuivre qui attirait trop de monde.

Aucun d'eux ne revit jamais Jo Chibougamo.

Dépassé par les conséquences de sa découverte, et malgré la fortune qu'elle lui rapporta, il se sentait profondément malheureux. Maintenant qu'il ne pouvait plus reparaître devant ses amis de la taverne, il avait décidé que Jo Chibougamo n'existait plus. Reprenant son vrai nom, il était parti loin au nord, dans un minuscule village où l'on connaissait encore moins Joseph Bellehumeur.

La part de l'ours

Une dizaine d'hommes travaillant pour une compagnie forestière se trouvaient depuis des semaines enfoncés au beau milieu de l'Outaouais. Chaque jour ils pénétraient davantage l'immense forêt, abattant les épinettes qu'ils jetaient ensuite, coupées en tronçons égaux, dans la rivière Coulonges qui les descendait jusqu'aux usines de pâte à papier. De tout l'été ils ne revoyaient leur village, travaillant de longues journées en prévision du chômage hivernal. À mesure qu'ils progressaient, ils nivelaient un semblant de chemin pour que la machinerie puisse les suivre.

Leur camp, installé au bord de l'eau, changerait lui aussi de place plusieurs fois au cours de la saison. Il comprenait quatre grandes tentes, en fait plutôt des constructions en rondins recouvertes d'une toile, ce qui donnait plus d'espace tout en étant plus solide. L'une abritait la cuisine, deux servaient de dortoir, et la dernière de réfectoire. Une cabane tout en bois, beaucoup plus résistante, permettait d'entreposer les vivres hors de portée d'animaux un peu trop gourmands.

Les bûcherons partaient tôt le matin, dès le petit-déjeuner avalé. Ils emportaient quelques sandwiches et ne rentraient au camp que le soir, pour manger et dormir. Le cuisinier restait donc seul et, comme il devait se lever avant tout le monde, il s'accordait en compensation une sieste l'après-midi. Il ne lui restait pas trop de temps ensuite pour préparer son repas du soir. Les hommes engloutissaient d'énormes quantités de nourriture après une journée de labeur, mais le chef ne visait pas seulement à calmer leur faim, il s'efforçait de soigner ses menus, mettant un point d'honneur à présenter chaque soir un bon dessert. Il excellait dans la confection des tartes et ne connaissait rien de mieux pour faire oublier un instant la fatigue et l'isolement à son équipe d'affamés.

À mesure que la forêt s'éclaircissait, les animaux s'enfuyaient, terrorisés, chassés par le rugissement des scies mécaniques, le fracas des arbres abattus, le vacarme des tracteurs, et plus encore, par la destruction de leur habitat. Cependant, il se trouvait toujours quelques curieux qui revenaient après le passage dévastateur des coupeurs de bois, pour identifier les odeurs nouvelles nées de ce bouleversement. C'est ainsi que quelques semaines après que sa ouache[1] eut été saccagée, un ours s'enhardit à se rapprocher du campement. Patiemment, discrètement, il observa les hommes aller et venir sans que la crainte qu'ils lui inspiraient ne le décide à fuir, intrigué qu'il était par ces effluves inconnus et savoureux qui s'échappaient toujours de la même tente aux mêmes moments.

Un matin, il décida de tirer les choses au clair. Avant que le jour se lève, il s'installa

---

[1] Tanière de l'ours.

sur une butte proche d'où, bien dissimulé par la végétation, il voyait tout le campement. Ainsi assista-t-il au lever des bûcherons aussitôt suivi d'une odeur de bacon frit qui lui fit plusieurs fois se passer la langue sur le museau. Pourtant il ne bougea pas, supportant stoïquement la pétarade des moteurs au moment du départ, accompagnée de relents d'essence beaucoup moins agréables. Après cela il pensa approcher, mais aucune odeur ne l'attirait vraiment et de vagues craintes le retenaient toujours, aussi il attendit. L'entêtement et la curiosité peuvent donner à l'ours une patience à toute épreuve. Vers midi, un bruit de casseroles et un léger fumet lui firent lever le nez mais, là encore, la peur de l'homme l'emporta et le retint là, assis derrière les branches. Ensuite il se fit un grand silence dans le camp, au point que l'ours aurait pu le croire désert et en profiter pour tenter son inspection, pourtant, à nouveau, l'appréhension fut la plus forte.

Il fallut pour le décider, en milieu d'après-midi, une extraordinaire odeur, une senteur irrésistible, la même d'ailleurs qui l'avait alléché la première fois, sans qu'il n'ose aller plus loin. Aujourd'hui elle lui paraissait encore plus merveilleuse, au point de balayer d'un coup ses ultimes réticences.

L'ours sortit de sa cachette et, d'un pas tranquille, se dirigea vers la cuisine.

Le cuisinier ne l'entendit pas venir, occupé à retirer du feu une fournée de tartelettes à la confiture de mûres. Il humait avec délice sa réussite, savourant à l'avance les compliments dont les bûcherons ne manqueraient pas de le combler ce soir.

C'est en se retournant pour poser son plateau sur la table qu'il vit l'ours, à quelques pas, avec son gros nez frémissant. Il en fut si surpris que ses gâteaux lui échappèrent et, tremblant de peur, il recula jusqu'au mur puisque l'animal lui coupait la retraite. Il s'attendait au pire et sentait ses jambes fondre sous lui.

L'ours resta quelques secondes immobile puis s'avança pour prendre une tartelette qu'il recracha aussitôt avec un grognement, à cause de la chaleur. Le cuisinier luttait pour ne pas s'évanouir. L'ours promena sa langue sur les pâtisseries et, les jugeant trop chaudes, il se piqua au-dessus à attendre, les narines dilatées par la fumée légère qui s'en échappait. Aussi figé que ses casseroles, le cuisinier semblait plus mort que vif.

Enfin, l'animal se décida et, sans se presser, croqua toutes les tartelettes, une à une, ne laissant pas la moindre miette sur le plancher. Ensuite, après s'être longuement léché les babines, il tourna les talons et, de son pas égal, s'en alla. Il venait de passer la porte que le cuisinier s'effondrait, à bout de forces. Il se traîna jusqu'à la table, empoigna la bouteille de rhum destinée aux gâteaux et s'en octroya une solide lampée. Couvert de sueur, il demeura un moment prostré, à écouter battre son cœur. Ce n'est que longtemps après qu'il recouvra ses moyens et put se remettre à l'ouvrage.

Rien ne subsistait du passage de l'ours, aucune trace, aucune odeur particulière, et l'homme un instant se demanda s'il n'avait pas rêvé, ou si quelque coup de soleil n'était cause de sa défaillance. Pourtant, le plateau de tartelettes se trouvait bel et bien vide, alors que l'odeur en persistait encore. Il fallait donc se rendre à l'évidence, mais comment expliquer cela aux bûcherons sans se faire traiter de menteur? Pas un ne voudrait croire une telle histoire. Pire même, ils l'accuseraient vite de couardise, eux qui relataient chaque jour à table maints exploits nouveaux!

Le cuisinier préféra se taire et, le soir, face aux reproches, il tenta de se justifier en racontant qu'une panne de fourneau avait perturbé son travail une bonne partie de la journée. Et que même il pensait bien ne rien pouvoir apprêter... Il promit double part de dessert pour le lendemain.

Dès le matin, il se mit à faire sa pâte qu'il préparait toujours longtemps à l'avance. Il pétrit une boule un peu plus volumineuse qui donnerait bien deux gâteaux par bûcheron, cependant moins gros que d'ordinaire, ce qui lui permettrait de tenir sa promesse tout en ménageant ses réserves. Il travaillait avec cœur, ne négligeant rien pour effacer son manquement d'hier. Puis, dans l'après-midi, après sa sieste, il découpa ses tartelettes, prépara une généreuse garniture et mit le tout au four. En peu de temps une odeur suave emplit la cuisine, et l'homme qui s'en délectait pensa non

sans orgueil qu'aucun bûcheron, avec
double part de ce régal dans son assiette,
ne songerait plus à lui reprocher quoi que
ce soit. Il attendit que les croûtes soient
dorées à point, puis retira le plateau du
four et le déposa sur la table pour laisser
refroidir avant d'ajouter une dernière
pincée de sucre vanillé.

C'est à ce moment que l'ours entra.

La surprise, la peur, secouèrent le
cuisinier avec la même violence que la
veille, à la différence que cette fois,
l'homme savait ce que voulait la bête. Sans
hésiter il lui lança le plateau de tartelettes.
L'ours prit le temps de les déguster puis
s'en retourna paisiblement, laissant le
cuisinier à la fois abattu et furieux, mais
surtout terriblement inquiet pour affronter
les bûcherons au moment du dessert. À
moins d'une heure de leur retour, il n'était
plus possible de faire d'autres gâteaux, il
faudrait encore inventer une histoire de
panne... Il alla même jusqu'à dévisser
certaines pièces du fourneau et débrancher
des fils pour rendre la chose plausible.

La ruse réussit si bien qu'une seconde
fois les hommes le crurent et lui par-
donnèrent, mais ils s'occupèrent aussi de

la réparation, revissant chaque boulon, remettant les fils en place, et s'assurant que le four chauffait normalement. Après deux jours sans dessert, ils ne supporteraient pas d'en être privés à nouveau.

Le cuisinier dormit fort mal cette nuit-là. La situation devenait critique. Comment faire des gâteaux sans que l'ours les mange? Se barricader? Il aura tôt fait de défoncer la porte ou de crever le toit de toile. Faire un feu de branches vertes pour étouffer l'odeur? Il a l'odorat trop subtil pour ne pas la déceler quand même. Tout avouer aux bûcherons? Plus possible après deux mensonges, les moqueries seraient trop aigres, la confiance à jamais perdue, la honte ineffaçable... Non, il fallait trouver mieux.

L'idée lui vint comme le jour se levait, toute simple, logique, infaillible. Elle vaut bien une nuit blanche, pensa l'homme, impatient de la mettre en application.

Comme la veille, il prépara une grosse boule de pâte qu'il laissa reposer. Lorsque, dans l'après-midi, vint le moment de découper les tartelettes, il s'arrangea pour garnir deux plateaux, mais n'en mit qu'un au four tout d'abord. Pour la réussite de son plan, il devait attendre que la cuisson soit complète avant de passer à la seconde fournée. Cela demanda presque une heure, alors, à ce moment-là il sortit le plateau et rapidement le porta dehors, encore fumant. Il le déposa sur l'herbe, à côté de la cabane. Puis il revint placer l'autre dans le four.

Ainsi qu'il l'avait prévu, l'ours, qui attendait cette odeur délicieuse comme un signal, sortit de derrière les arbres et, sans la moindre hésitation, se dirigea vers les tartelettes qu'il dégusta en toute quiétude. Satisfait, il regagna ensuite la forêt sans autrement s'occuper du cuisinier. Celui-ci, prêt à la fuite, le guettait, dissimulé derrière le mur de rondins. Il attendit de le voir disparaître complètement pour être certain que son stratagème venait de réussir et alors, content de lui, il se replongea dans ses casseroles.

Les bûcherons eurent enfin leur dessert ce soir-là et ne ménagèrent pas les compliments.

Le lendemain, le cuisinier usa de la même tactique. Le surlendemain aussi. Comme cela pendant une semaine, au point que ces visites quotidiennes eurent tranquillement raison de ses craintes, et qu'un jour il se risqua à lancer lui-même, une à une, les tartelettes à son écornifleur. Encouragé par sa bonhomie, l'homme s'enhardit par la suite à les lui donner à la main, et l'ours découvrait ses énormes crocs pour prendre délicatement les pâtisseries.

Avec l'habitude, une certaine confiance s'installa entre eux. Ce puissant animal qui semblait n'avoir que le défaut de gourmandise devint le compagnon du cuisinier durant ses longues heures de solitude à l'écart des bûcherons. Mais l'homme n'en soufflait mot à personne, car cette amitié lui coûtait beaucoup de farine et les travailleurs se plaignaient de voir chaque semaine les gâteaux diminuer de volume.

— Tant qu'à les faire si petits, tu pourrais nous en donner deux chacun, protestaient-ils.

— Je le voudrais bien, mais c'est impossible, se lamentait le cuisinier, avec les derniers orages, l'humidité s'est mise dans ma farine et il m'en reste tout juste assez pour finir la saison.

Un jour, un bûcheron se blessa à une main et dut revenir en hâte au camp pour se faire soigner. Un autre l'accompagnait, et quelle ne fut pas leur surprise, lorsqu'ils débouchèrent dans la clairière en avant des baraques, de voir le cuisinier en train d'offrir des tartelettes à un ours tranquillement assis en face de lui. Il n'en restait justement qu'une, et dès que l'animal l'eut mangée, il se leva et gagna le sous-bois.

— Ah! On t'y prend, s'écrièrent les bûcherons, voilà pourquoi le dessert rapetisse tous les jours, tu le donnes aux ours!

Surpris par cette arrivée inopportune, confus, le cuisinier bredouilla :

— Je…, je le donne pas aux ours…, je le donne à un seul ours. C'est toujours le même. Si je le lui refuse, il me tuera.

— Tu n'es qu'un froussard, il n'est pas dangereux. On va en parler aux autres et on se chargera de lui couper l'envie de revenir à ton ours.

Le soir, le cuisinier fut pris à partie par toute l'équipe. Après les railleries, les reproches et les regrets, les hommes envisagèrent les moyens de se débarrasser du gêneur.

— Fabriquons une trappe pour le capturer, dit l'un, et on le gardera prisonnier jusqu'à notre départ.

— Non, son copain serait encore capable de lui donner de nos vivres, mieux vaut le tuer avant qu'il ne devienne trop vorace.

— C'est pas facile de tuer un ours sans fusil, mais on pourrait lui cuisiner un plat spécial pour le rendre malade…

— En tout cas, il faut absolument l'empêcher de continuer, conclut le contremaître.

Le cuisinier n'osait rien dire, il attendait sans broncher la décision finale, en espérant qu'elle ne soit pas trop cruelle pour cet animal auquel il commençait à s'attacher.

Le lendemain, quatre bûcherons restèrent au camp pour construire une trappe, sorte de cage en solides rondins, avec la porte en équilibre qui se refermerait dès que l'ours entrerait prendre les tartelettes déposées comme appât. Le but était de l'attraper, de l'emmener en camion, et de le relâcher le plus loin possible afin qu'il ne retrouve plus le chemin de la cuisine.

— Tu vas faire tes gâteaux cette nuit, dirent-ils au cuisinier. Une fois le piège en place, on les mettra dans la cage demain matin, et tu viendras avec nous sur la coupe. Tant pis pour le repas, on ne veut pas que tu restes ici à faire rater l'opération.

Le lendemain ils partirent tous, après avoir déposé un plateau de tartelettes au fond de la trappe.

Parvenus au lieu d'abattage, les bûcherons s'occupèrent aussitôt de leur ouvrage, tandis que le cuisinier ne pensait qu'à l'ours, son ours. Il trouvait que la compagnie d'un animal aussi paisible valait bien quelques kilos de farine. Il en voulait aux bûcherons d'essayer de le priver de cette présence, lui qui n'avait, à longueur de journée, que ses chaudrons pour vis-à-vis. La journée lui parut très longue, et pourtant il appréhendait le retour.

Sur le chemin du camp, le soir, les conversations allaient bon train au sujet de l'ours. Quelques bûcherons s'avancèrent même jusqu'à parier leur dessert d'une semaine que l'animal se débattait, furieux, derrière ses barreaux. D'autres pensaient au contraire que, malgré la gourmandise, un sens du danger bien particulier l'avait retenu en dehors de la trappe, mais aucun n'avait prévu le spectacle qui les attendait: le robuste piège se trouvait complètement démoli, les rondins éparpillés sur les côtés, et, bien sûr, les gâteaux avaient disparu.

La plupart de ces hommes rudes et musclés ressentirent un frisson en imaginant la force colossale de l'animal capable de cela. Ils commencèrent à élaborer une nouvelle stratégie mais, la fatigue l'emportant, sitôt le repas avalé ils allèrent se coucher. Le lendemain, en quittant le cuisinier ils lui dirent:

— Ça lui aura quand même donné une leçon à ton ours, tu peux en être tranquille, il ne reviendra pas.

Mais l'homme n'en était pas si sûr, il prépara assez de pâte pour faire deux plateaux de tartelettes. Plus tard dans l'après-midi, il procéda à la cuisson de la même façon que les derniers jours, c'est-à-dire un plateau après l'autre. Bien lui en prit, car à peine retirait-il la première fournée que l'ours entrait dans la cuisine. Un instant le cuisinier redouta quelque vengeance, mais non, l'animal voulait seulement sa part de gâteaux quotidienne.

En lançant des tartelettes vers la porte, puis dehors, le cuisinier réussit à le faire sortir sans dommage. Il lui donna les dernières à la main et l'ours repartit content.

Évidemment, l'homme n'en dit rien aux bûcherons qui à présent chantaient victoire:

— Tu vois bien, il ne faut pas s'inquiéter pour un ours, un rien le décourage...

— Il est gros mais il ne nous fait pas peur, à nous...

— Quand je pense que tu lui donnais nos gâteaux!

— Et que ça aurait pu continuer des semaines sans qu'on le sache...

Le cuisinier ne répondait rien mais se demandait bien comment cela finirait, car les réserves de farine ne permettraient pas de faire double portion de dessert très longtemps. Perdu dans ses réflexions, il n'éprouvait même pas de fierté ce soir, en apportant son succulent dessert. Indifférent aux bravos, il venait de déposer son plateau sur la table, lorsqu'un grondement retentissant suspendit brusquement les exclamations. D'un même élan, les hommes se retournèrent vers la porte, pour voir avec effroi entrer un énorme ours noir. La panique arracha chacun à son banc, et si quelques-uns purent s'enfuir par les fenêtres, les autres se retrouvèrent en un instant plaqués au mur du fond, immobiles comme des statues.

L'ours, avec assurance, promena plusieurs fois sa tête de gauche à droite pour juger de la situation, puis, calmement, il s'avança, posa sur la table deux pattes aux griffes démesurées et, une à une, mangea les tartelettes. D'un coup de langue habile il les soulevait pour les saisir du bout des crocs, et les bûcherons, terrifiés, se demandaient ce qu'ils devaient craindre le plus, des griffes ou de la redoutable mâchoire. La lampe à pétrole suspendue au plafond animait ses petits yeux noirs de lueurs diaboliques non moins inquiétantes, tandis que, dans ce silence impressionnant, le souffle puissant de la bête prenait une incroyable ampleur.

À mesure que les tartelettes disparaissaient, la peur des hommes grandissait. Ils redoutaient le moment où le plateau serait vide et, toujours contre le mur, fixaient anxieusement les quelque trois ou quatre gâteaux qui restaient.

Qu'allait faire l'ours ensuite? Il n'y avait rien d'autre à manger sur la table. Ne risquait-il pas de s'en offusquer et de se mettre en colère, comme la veille lorsqu'il avait démoli la trappe? Les bûcherons se sentaient vraiment très mal à l'aise.

Parvenu à la dernière tartelette, l'ours promena longuement sa langue sur le plateau pour ramasser les miettes, puis il releva la tête et, toujours dressé contre la table, dévisagea ces hommes pétrifiés qui n'osaient pas croiser son regard. Il grogna plusieurs coups, du fond de la gorge, puis reposa en souplesse ses pattes sur le sol et s'en alla, subitement indifférent. Quelques secondes plus tard il s'enfonçait dans la nuit et n'eût été la marque de ses griffes dans le bois de la table, les bûcherons auraient pu croire qu'ils venaient de faire, tous ensemble, le même cauchemar.

Ils se rassirent en soupirant, pâles et penauds. Aucun n'avait le cœur à plaisanter et moins encore à fanfaronner. Seul le cuisinier ne se sentait pas les jambes molles.

Il continua à préparer chaque jour deux plateaux de tartelettes pour contenter l'ours et les bûcherons puis, calculant qu'à ce rythme la farine manquerait sous peu, il n'en fit bientôt plus qu'un seul pour l'ours. Et personne ne songea à le lui reprocher.

À l'école indienne

Au cœur de la Haute-Mauricie, sur le plateau où les rivières Manouane et Saint-Maurice prennent leur source, se trouve la réserve indienne de Wey-montaching, vaste territoire de lacs et de forêts où ne conduit aucune route, seulement une voie ferrée. Cependant, il ne descend jamais de voyageurs à Weymontaching, le train ne sert qu'à transporter du bois.

Les premiers Blancs arrivés dans la région ont bâti leurs maisons autour de la gare, et, depuis un demi-siècle, d'énormes quantités d'arbres ont été coupées là pour être acheminées vers les usines de pâte à papier, quelques centaines de kilomètres plus au sud.

Au début, les Indiens servirent de guides aux prospecteurs, puis, très vite, devinrent draveurs ou bûcherons, et cette activité, nouvelle pour eux, allait irrémédiablement modifier leur façon de vivre. Certes, ils demeuraient chasseurs et trappeurs, mais, longtemps abusés, découvrirent trop tard que leur association avec les Blancs, en plus de réduire leurs forêts, entamait aussi largement leurs coutumes. L'argent les a transformés, si bien qu'aujourd'hui, à Weymontaching, il ne reste que quelques vieux pour qui la vraie vie indienne est davantage qu'un souvenir.

Parmi eux se trouve Michimach, que l'âge seulement contraint à quitter le tipi pour la maison de bois. Même au plus fort de la misère, il refusa toujours de travailler pour les Blancs, déplorant en vain auprès de ses frères le massacre de la forêt qui les nourrissait depuis toujours. De tout temps il préféra les aléas de la vie libre en forêt au confort et à la sécurité d'un village.

Il est le seul peut-être, ce vieux Michimach, à pouvoir encore construire un canot d'écorce. Avant, tous les canots de la tribu étaient faits ainsi : de l'écorce de bouleau sur une armature en cèdre.

Il fallait plusieurs semaines pour réunir les matériaux, les préparer, les façonner, les assembler, coudre l'écorce avec des racines, rendre les joints étanches avec de la résine, et finalement graver à la proue une tête de loup ou de corbeau. Mais, quel plaisir ensuite, quelle fierté, de sillonner lacs et rivières, de dévaler les rapides avec ce canot devenu une partie de soi-même.

Tout a bien changé de nos jours à Weymontaching, et Michimach se désole de voir que personne ne prend plus le temps de fabriquer son canot et que tous ne pensent qu'à gagner de l'argent pour acheter ce qui vient des Blancs.

Ce sont les jeunes qui l'inquiètent le plus.

Lui, qui a traversé sans faillir une longue et difficile existence grâce à l'enseignement de ses parents, doute que les enfants d'aujourd'hui reçoivent les moyens d'en faire autant. Il les voit partir chaque matin à l'école du village, où ce qu'on leur apprend, à son sens, ne fait que les éloigner davantage de leur passé et de leur race. Alors, le vieux Michimach a décidé de préserver au moins son petit-fils, de lui transmettre ses secrets de coureur des bois.

Nakuma a douze ans, et lui aussi préfère les leçons de son grand-père au calcul ou à l'écriture, non seulement parce que la forêt lui a toujours paru plus accueillante qu'une salle de classe, mais parce qu'il pense également que dans un petit village en pleine nature, très loin des villes, il vaut mieux savoir poser un piège que faire une addition.

Alors, certains matins, Nakuma ne va pas jusqu'à l'école, il oblique un peu avant, en direction de la rivière où l'attend son grand-père. Ensuite, tous les deux s'engagent rapidement dans les bois, en prenant soin de n'être point vus, car les parents de Nakuma estiment que l'avenir d'un jeune Indien n'est plus dans la forêt. Ils voudraient que leur fils acquière assez d'instruction pour se sentir pareil aux Blancs, plus tard.

Mais, pour les deux compères, l'appel de la nature est toujours plus fort.

Un soir d'automne, alors qu'un vol d'outardes bien en V traversait le ciel en criaillant, le vieux Michimach, toujours émerveillé par ce spectacle mille fois admiré, laissa tomber doucement:

— Elles ne volent pas très haut, le vent est faible, le ciel clair, leur voyage ne sera pas trop pénible cette nuit, ni demain, avec le beau temps qui s'annonce; ces quelques nuages ne sont pas dangereux... Bonne journée pour approcher le gibier...

Nakuma regardait les oiseaux s'enfoncer dans le ciel rouge. Il ne répondit pas, mais il savait que demain matin son grand-père l'attendrait près de la rivière.

Il se réveilla avec le jour et, peu après, entendit sortir Michimach. Malgré la hâte de le rejoindre, l'enfant dut patienter un peu pour ne pas éveiller de soupçons chez ses parents. Bien que les petits Indiens demeurent extrêmement indépendants, l'école buissonnière n'est cependant pas au nombre de leurs libertés, surtout pour Nakuma dont le père ne voulait pas faire un trappeur.

Un soleil encore timide accrochait la cime des arbres lorsqu'il rejoignit son grand-père. Des voiles de brume s'étiraient sur la rivière qui glissait sans bruit

entre deux rangées d'aulnes tout humides
de rosée.

— Dommage que tu n'aies pas vu le
soleil se lever derrière les collines, dit
Michimach, le ciel était rose comme un
ventre de saumon.

— J'ai vu un peu par la fenêtre.

— On va aller au lac de la Loutre aujourd'hui, c'est un coin que tu ne connais
pas.

À chaque sortie, Michimach s'efforçait
de faire découvrir à l'enfant un endroit
différent. Il voulait lui apprendre le pays,
rivière après rivière, lac après lac,
montagne après montagne, comme son
père l'avait fait pour lui, et chaque pas sur
ces sentiers oubliés le ramenait quelques
dizaines d'années en arrière. De même, il
évitait de lui livrer ses secrets de coureur
des bois, comme ça, brutalement, bête-
ment, comme on enseignait à l'école. Il
recherchait plutôt la moindre situation
pour mettre en valeur ses connaissances.

Ainsi, ce matin-là, lorsque après deux
heures de marche ils parvinrent au lac de
la Loutre, ils s'extasièrent un moment
devant la féerie des couleurs automnales
se reflétant dans l'eau lisse : tous ces

sapins, ces érables, ces bouleaux, ces verts, ces rouges, ces jaunes qui flamboyaient dans la lumière. Puis Michimach proposa de faire du thé. Il emportait toujours un petit sac contenant une hache, une casserole, des collets, de la ficelle, un peu de bannique[1], quelques sachets de thé… En un tour de main, Nakuma rassembla assez de bois mort et d'écorce de bouleau fine comme du papier, mais, au moment d'y mettre le feu, le grand-père, l'air confus, fouilla désespérément dans ses poches.

— J'ai oublié mes allumettes, dit-il, nous voilà bien!

Après cette longue marche, Nakuma se réjouissait de boire une tasse de thé, lui qui n'avait pas déjeuné. Il allait devoir s'en passer, déçu et non moins étonné que son grand-père, d'ordinaire si prévoyant, n'ait pas sa petite boîte étanche qui ne le quittait jamais.

— C'est bien embêtant, renchérit Michimach, sans feu notre journée est gâchée, pas de thé, pas de repas… À moins que j'essaie un moyen utilisé dans

---

1 Pain indien sans levure qui se conserve longtemps.

l'ancien temps, quand on était vraiment
mal pris…

Nakuma avait bien hâte de voir comment son grand-père se tirerait de pareil
embarras. Il ouvrait tout grands les yeux
et les oreilles pour ne rien perdre de la
leçon, conscient déjà de l'importance du
feu lorsqu'on séjourne en forêt.

— Il nous faut une branche de cèdre
bien sèche, dit Michimach, un bâton
d'épinette, des brindilles et de quoi faire
un arc.

Ils se mirent en quête de tout cela et
revinrent près de leur tas de bois mort. Le
vieil Indien commença par aplanir avec la
hache le morceau de cèdre, comme pour
faire une planche puis, sur le bord, avec
le coin de la lame, il fit un creux d'où
partait une encoche en V. Ensuite il coupa
le bâton d'épinette à quarante centimètres
environ, l'écorça, l'arrondit aux extrémités.

Nakuma regardait sans trop compren-
dre, son grand-père se contentait de
commenter chacun de ses gestes sans en
dévoiler le pourquoi.

Pour tendre l'arc, Michimach utilisa sa
ceinture de cuir en guise de corde et, en plein

milieu, l'enroula autour du bâton d'épinette. Un petit morceau de bois légèrement évidé complétait ce curieux
équipement.

Alors l'Indien s'agenouilla, plaça l'extrémité du bâton au bout de l'encoche en
V dans la planche de cèdre, le maintenant
bien droit de sa main gauche avec le
morceau de bois évidé. De la droite, il
entreprit un va-et-vient avec l'arc dont la
lanière de cuir entraînait le bâton d'épinette dans un mouvement rotatif. Des
brindilles très sèches avaient été déposées
près du V de l'encoche.

— On appelle ça jouer du violon, dit
ironiquement le vieux, mais quand le
temps est humide on joue parfois longtemps avant d'entendre chanter le feu.
Allez, on y va, quand je te le dirai, tu
souffleras doucement dans l'encoche en
poussant quelques brindilles.

Et il s'absorba dans son épuisant va-
et-vient du bras qui, alors que ce long
effort semblait vain, amena bientôt une
odeur de brûlé suivie d'une fumée discrète
au bout du bâton. Michimach accéléra son
mouvement et la fumée s'épaissit.

— Vas-y, souffle, et mets des brindilles.

Nakuma s'exécuta de son mieux; un point rouge apparut au bout du V et devint de plus en plus brillant. Alors, brusquement, Michimach lâcha tout et, avec de la mousse très sèche, alimenta cet embryon de feu. De courtes flammes s'élevèrent aussitôt. Un peu d'écorce et du menu bois suffirent à les fortifier, assurant rapidement de la chaleur d'un bon feu.

— Voilà comment on fait quand on n'a pas d'allumettes, dit le vieux à l'enfant ébahi, mais il vaut mieux ne jamais les oublier.

Ils remplirent leur casserole de l'eau du lac, la posèrent au milieu des braises et se firent ainsi du thé d'une saveur toute particulière. Ils le savourèrent lentement, à petites gorgées, captivés par le spectacle de deux huarts occupés à pêcher. Les grands oiseaux à tête noire se tenaient immobiles à la surface, comme un canard qui somnole, puis, subitement piquaient de la tête et plongeaient sans bruit pour reparaître longtemps après à bonne distance de là. Ou bien ils nageaient à fleur d'eau, à demi submergés, très vite, et se redressaient en bout de course avec un poisson dans le bec.

— Le huart est comme le loup, dit Michimach, il a son territoire bien à lui, tu n'en verras jamais plus d'un couple sur le même lac. Ils passent leur vie entière sans changer d'endroit.

Nakuma écoutait sans perdre de vue les oiseaux qui, quelquefois, faisaient surface à l'opposé d'où il les attendait. Il surveillait aussi les truites qui crevaient nerveusement la surface pour laisser une série de ronds concentriques s'étendre jusqu'à venir mourir contre les roseaux de la berge. Son grand-père lui expliqua qu'en cette saison les poissons profitent des derniers insectes que l'hiver engourdira bientôt. Lorsqu'il ne resta plus de thé dans la casserole, Michimach se leva et commença à éteindre le feu.

— On a encore des choses à voir, dit-il, suivons le bord du lac, je vais te montrer un beau ruisseau.

Le sol marécageux alternait avec de petites plages sablonneuses où les nombreuses traces d'animaux témoignaient de la fréquentation des lieux. L'ours, le renard, le vison, la loutre étaient passés par là. Nakuma aurait bien aimé les pister mais son grand-père lui laissa peu d'espoir.

— Ces marques sont trop vieilles, dit-il, nous en trouverons certainement de plus fraîches.

Il ne pensait pas si bien dire, car à peu de distance ils tombèrent sur des empreintes de sabots fortement appuyées, régulières, récentes.

— Un chevreuil, dit Michimach dans un murmure, en jaugeant d'un doigt expert la profondeur de ces doubles croissants venant de la forêt et longeant la berge. Un gros mâle, il vient juste de passer, marchons jusqu'à cette pointe de terre, il est sûrement derrière.

Ils avancèrent sans bruit et, parvenant au talus, n'eurent que le temps de s'aplatir derrière les herbes pour voir bondir un magnifique chevreuil qui ne leur laissa que le souvenir de sa ramure somptueuse et de son derrière tout blanc. Nakuma en resta stupéfait. Certes, il avait déjà vu des chevreuils morts que les chasseurs rapportaient au village, mais il n'imaginait pas l'animal capable de tant de grâce dans l'effort, de tant de beauté dans la fuite.

L'apparition fut si brève, si merveilleuse, que l'enfant ne voulait pas en rester là.

— On le suit? demanda-t-il, l'œil pétillant d'exaltation.

— Inutile, dit Michimach, il est déjà beaucoup trop loin, maintenant qu'il nous sait là, il va se cacher et nous pourrions bien passer tout près de lui sans même le remarquer. On va plutôt essayer de trouver quelque chose à manger, ça te dirait une perdrix?

— Oui, bien sûr, mais on n'a pas de fusil!

— Pas besoin de fusil, tu vas voir. Allons jusqu'à cette baie là-bas.

D'abord, ils longèrent l'eau en examinant bien les bords boueux, puis se rapprochèrent de la forêt. Michimach coupa une longue perche, puis l'ébrancha soigneusement et fixa au bout un collet de nylon tressé dont l'ouverture permettait juste de passer la main. Pour plus d'aisance il confia son sac à Nakuma et marcha doucement le long de la lisière.

Le sol moussu, couvert d'aiguilles, amortissait son pas. Il s'arrêtait souvent, s'accroupissait pour scruter le sous-bois, tenant son bâton horizontal comme une canne à pêche. Il parcourut ainsi la moitié de la baie, silencieux, attentif, courbé avec sa curieuse ligne à la main.

Et il s'immobilisa.

En mettant doucement un genou à terre, il tendit le lacet vers un gros oiseau au sol. Un tétras. Une sorte de perdrix à peine visible dans la végétation.

Sûr de son mimétisme, l'animal figé le regardait. Son œil noir ne semblait pas inquiet. L'Indien, à gestes lents, avançait le collet et, parvenu au-dessus de la tête, il abaissa la perche puis tira de côté d'un coup sec. Sans même pousser un cri, l'oiseau se trouva soulevé de terre. Il battit des ailes mais rapidement Michimach l'empoigna et lui cassa le cou.

Il en attrapa deux ainsi, sous le regard attentif de Nakuma qui suivait à quelques pas, prudent comme un renard.

— Ça nous suffira, dit Michimach en défaisant son collet, on va les faire rôtir. Ramasse du bois pendant que je les prépare.

Au moment d'allumer le feu, le vieil Indien retira de sa poche une petite boîte en écorce de bouleau d'où il sortit une allumette.

— Tu les avais, tes allumettes? s'étonna Nakuma.

— Oui, bien sûr, mais j'ai voulu t'apprendre à jouer du violon, ça sert au moins une fois dans la vie d'un coureur des bois.

Les perdrix plumées, vidées, nettoyées avec de la mousse furent soigneusement farcies d'oignons sauvages et de plantes aromatiques cueillis tout près, avant d'être piquées chacune sur un bâton vert. Michimach ficha en terre les deux broches, à bonne distance de la flamme afin que la viande cuise sans brûler. Puis il s'installa à côté pour les surveiller et les tourner régulièrement.

Pendant ce temps Nakuma pénétra dans la forêt.

Les épinettes se mêlaient aux sapins, aux bouleaux, aux aulnes, aux ronces, pour bâtir, à force d'enchevêtrements, des écrans impénétrables, crevés parfois d'un passage d'animal s'ouvrant sur une clairière où ne semblait pousser qu'une mousse étonnamment verte et douce. L'enfant y ramassa quelques champignons pour les montrer à son grand-père, mais soudain il vit beaucoup mieux : deux oursons qui folâtraient au pied d'un arbre.

Dès qu'ils l'aperçurent, les animaux cessèrent leurs jeux, surpris. Beaucoup plus curieux qu'inquiets, ils s'approchèrent.

L'enfant ressentit un peu d'appréhension, il faillit partir en courant, mais la lourdeur avec laquelle les oursons se déplaçaient dissipa rapidement ses craintes. Ils vinrent tout près, levant vers Nakuma un petit nez frémissant, le fixant d'un œil vif, l'air si parfaitement inoffensif que le jeune Indien ne put résister à tendre la main pour les caresser. L'un des oursons recula, tandis que le plus hardi se risquait à sentir le bout des doigts et, rassuré, se dressait pour tendre la patte à son nouvel ami. Cela partait d'un bon sentiment, mais Nakuma apprit dans l'instant que les griffes d'un jeune ours pataud n'en sont pas moins terriblement aiguisées. Voyant qu'il serait difficile de s'amuser avec lui sans en retirer de nombreuses griffures, il décida alors de faire une surprise à son grand-père.

Avec un bâton, il taquina les oursons qui, en totale confiance, participaient de tout cœur à ce nouveau jeu, se roulant sur le dos, se bousculant, se mordillant à ses pieds, butant contre ses jambes, sans oublier de laisser sur le pantalon la marque d'une dent ou d'une griffe. Et puis, voyant au bout d'un moment que les animaux le connaissaient assez pour le suivre, Nakuma partit retrouver son grand-père, les deux bêtes sur ses talons.

Il déboucha un peu en arrière du feu et, tout fier de son coup, lança dès qu'il aperçut le vieil homme, de dos, en train de s'occuper du repas :

— Hé! Michimach, regarde ce que j'ai trouvé!

Mais à peine avait-il fini sa phrase, qu'un sinistre grognement lui répondait, et le grand-père ne vit pas deux oursons, mais une grosse ourse, leur mère, qui arrivait en courant.

— Dépêche-toi, cria-t-il pendant qu'il s'emparait d'un solide gourdin.

Dès que l'enfant fut près de lui, Michimach se mit à hurler de toutes ses forces pour effrayer l'ourse, sans que la bête en furie ne semblât autrement impressionnée. Elle s'arrêta cependant pour s'assurer que ses oursons grimpaient bien dans l'arbre qu'elle leur avait indiqué. Lorsqu'elle les vit tout au faîte, en sécurité, elle continua à avancer vers Michimach et Nakuma. De puissants grognements montaient de sa gorge, comme pour rejeter cette offense qu'elle ne parvenait à avaler.

— Surtout ne cours pas, dit Michimach, ça finirait de l'énerver.

Il agitait son bâton et poussait des cris pour dissuader l'animal d'approcher, mais en vain. L'ourse venait vers eux, poussée par l'idée que ces deux hommes, là derrière leur feu, en voulaient à ses petits. Michimach se retournait fébrilement pour chercher un moyen de lui échapper, mais son regard anxieux ne rencontrait que le lac ou la forêt. Et il savait que l'ours nage aussi bien qu'il monte aux arbres.

— Restons derrière le feu, dit-il, il n'y a que cela pour la retenir. Mets-toi derrière moi.

L'ourse était maintenant devant eux, tout juste séparée par quelques flammes qui léchaient doucement les deux perdrix embrochées sur des bâtons.

Michimach saisit un tison dans chaque main et les pointa vers la bête. Nakuma se tenait craintivement dans son dos, glissant la tête de côté pour surveiller le danger.

Jamais il n'avait observé de la sorte ce long museau jaunâtre surmonté de petits yeux qui crachaient la colère, les oreilles arrondies comme des feuilles d'aulne, ce V blanchâtre sur le large poitrail, ces pattes puissantes armées de griffes aussi grosses que ses propres doigts, cette masse trapue qu'il savait maintenant capable de courses et de bonds étonnants. Cependant, malgré sa peur, il voulait croire que son grand-père viendrait à bout de ce redoutable animal.

Michimach, lui, n'en était pas aussi certain.

Depuis d'interminables secondes, l'ourse se tenait immobile de l'autre côté du feu, et ce calme subit ne lui disait rien qui vaille. Puis, soudain, la bête avança d'un pas et donna un violent coup de patte dans une des perdrix, l'envoyant rouler en arrière. Ensuite elle se précipita dessus et la dévora.

Michimach et Nakuma n'avaient pas bougé.

L'ourse revint et fit de même avec l'autre oiseau.

Alors, discrètement, en marchant à reculons, les Indiens en profitèrent pour s'éloigner.

Lorsque l'ourse leva les yeux sur eux, ils se trouvaient déjà assez loin et forçaient le pas. L'animal hésita. Il huma l'air à grands coups bruyants puis, d'un pas tranquille, alla s'asseoir au pied de l'arbre où se tenaient ses petits.

— On l'a échappé belle! dit Michimach, lorsqu'ils furent hors de danger.

— Oui, elle avait l'air furieuse.

— Elle l'était. Tu sauras maintenant qu'il ne faut jamais s'approcher d'un ourson. Même si tu ne lui fais pas de mal, sa mère l'ignore et va t'attaquer. L'ours est comme l'Indien, il ne peut faire confiance qu'à lui-même. Tiens, je vais t'expliquer d'où vient sa méfiance : lorsque Tshishé Manitou, l'Esprit suprême, conçut le monde, il n'y plaça pas d'homme au début et *Mahku*, l'ours, ne portait pas sa grosse fourrure. Ce n'est que plus tard, en créant l'Indien, que Tshishé Manitou s'aperçut qu'il ressemblait trop à l'ours. Il dut couvrir *Mahku* de longs poils et le faire marcher sur ses quatre pattes comme les autres animaux. Mais il leur devint semblable sans jamais oublier qu'il fut différent, d'ailleurs il sait encore avancer sur deux pattes et se tenir debout. C'est depuis ce jour qu'il redoute autant l'homme qui l'a supplanté à la tête des animaux. Ça, on ne te le dira pas à l'école, mais il faut le savoir.

Nakuma, c'était certain, ne l'oublierait pas, tout comme il se souviendrait à jamais des choses merveilleuses que son grand-père lui avait encore montrées aujourd'hui.

Leur repas ayant brutalement disparu dans le ventre de l'ourse, ils se rabattirent sur des mûres et des fraises des bois, puis regagnèrent tranquillement le village. À l'un et l'autre, la fatigue pesait lorsqu'ils atteignirent la rivière. Comme ils ne devaient pas rentrer ensemble sous peine de révéler leur complicité, le grand-père s'assit pour rouler une cigarette, tandis que Nakuma récupérait son cartable dans un buisson. Sur le chemin il rencontra quelques camarades qui lui demandèrent d'où il venait.

— De nulle part, de nulle part, balbutia-t-il, depuis longtemps habitué à ne partager ses secrets qu'avec le vieux Michimach.

Le milliardaire malheureux

Après la ruée vers l'or de 1898, bien des hommes sont venus dans ce lointain pays du Klondike, aux confins du Yukon et de l'Alaska, chercher fortune le long de ruisseaux légendaires comme le Bonanza, l'Eldorado ou le Carmack. Beaucoup s'y sont ruinés, quelques-uns en sont repartis riches, et d'autres ont choisi d'y passer leur vie, retenus par un climat d'aventure et de liberté qui n'existe nulle part ailleurs.

C'est ainsi que Francis Pernet et Peter Matuliska se sont rencontrés. L'un venait de France, l'autre de Yougoslavie. Arrivés presque en même temps, ils commencèrent par exercer toutes sortes de métiers avant de faire connaissance, au hasard d'un engagement dans une scierie. Tout de suite ils sympathisèrent. Ni Francis ni Peter ne possédaient assez d'argent pour s'établir chercheurs d'or, mais à deux ils réunirent de quoi payer une concession, des outils et le minimum de matériel pour équiper une cabane en rondins. Bien qu'indispensable, l'argent ne formait cependant pas toute la base de leur association; dans ce rude pays, deux hommes valaient toujours mieux qu'un face au travail colossal qui accablait le pionnier.

Ils jetèrent leur dévolu sur le ruisseau Victoria et, pendant quelques années, s'acharnèrent à en retourner les rives, recueillant dans leurs batées[1] tout juste assez d'or pour acheter à manger et compléter leur équipement. Chaque soir ils versaient dans un petit sac le fruit de leurs efforts: quelques pincées de poudre d'or si fine que le sac n'en paraissait jamais plus plein. Parfois, une pépite de

---

[1] Récipient qui sert à laver les sables susceptibles de contenir de l'or.

la grosseur d'un noyau de cerise ravivait leurs espoirs, pourtant, Francis Pernet demeurait sceptique.

— Ce ruisseau n'est pas fameux, disait-il, nous ne trouverons rien par ici, il faut aller ailleurs et creuser plus profond.

— Mais nous n'avons pas l'équipement nécessaire, répliquait le Yougoslave, avec nos pelles et nos pioches, nous ne pouvons retourner des vallées!

— On empruntera de vieilles machines, je saurai les remettre en état. Nous paierons plus tard avec l'or trouvé.

— À condition d'en trouver! Ça coûte cher les machines, ici on trouve peu mais on parvient à vivre sans rien devoir à personne.

— Nous sommes jeunes, et déjà nous avons les reins brisés à force de trimer. Penses-tu passer ta vie à piocher? insistait le Français, c'est maintenant qu'il faut tenter autre chose.

Mais le Yougoslave ne voyait pas les choses ainsi. Peut-être parce qu'à cause de sa stature et de sa grande force il ne pensait pas qu'une machine puisse être plus efficace que lui dans le délicat travail consistant à séparer un peu de poussière d'or de quelques tonnes de terre et de cailloux.

À mesure que les semaines passaient, le désaccord grandissait entre les deux hommes et, plutôt que d'altérer leur amitié, ils décidèrent de se séparer, de continuer chacun à leur manière. Ils partagèrent le petit sac d'or en deux tas, dont un beaucoup plus gros qui revint à Francis, puisqu'il laissait tout l'équipement au Yougoslave. Néanmoins, celui-ci retira quelques pincées de sa part en disant:

— Tiens, prends encore ça, les machines coûtent plus cher que les pioches.

Malgré leur rudesse, ils éprouvèrent une certaine émotion à se quitter ainsi, après des années d'efforts communs. Cependant, ils ne désespéraient pas de cheminer ensemble à nouveau sur la route de l'or.

Peter Matuliska poursuivit sa laborieuse besogne sur le ruisseau Victoria, tandis que Francis Pernet regagna Dawson City, à la recherche d'une nouvelle concession et du matériel dont il rêvait.

Il ne tarda pas à rencontrer un homme possédant une vieille drague qu'il n'arrivait plus à faire fonctionner. Comme elle se trouvait sur le fameux ruisseau Bonanza, le Français s'empressa d'aller la voir et, après quelques heures d'inspection, il décida de faire équipe avec son propriétaire.

Il consacra presque deux semaines aux réparations, travaillant d'arrache-pied le jour et une partie de la nuit pour qu'enfin, un matin, la machine veuille bien se réveiller. Et alors, dès ce moment, quelle différence avec la méthode du Yougoslave!

Dans un bruit infernal, l'énorme engin avançait sur deux chenillettes et sa chaîne à godets creusait le lit du ruisseau aussi vite que cinquante hommes. Comme avalée, la terre dégoulinante retombait dans des tambours métalliques percés de trous de plus en plus fins d'où de puissants jets d'eau la chassaient ensuite à l'extérieur. Il ne restait que les cailloux roulant avec fracas et, parfois, de l'or. Moins précise que la main de l'homme, la mécanique laissait échapper la poussière d'or, mais en creusant plus profondément elle ramenait de temps à autre des pépites grosses comme des noix. Après son passage, le ruisseau cherchait à se faufiler parmi les pierres qui faisaient de son lit défoncé une succession de monticules bien réguliers, à la manière d'un gigantesque chapelet.

Certains jours, l'or découvert représentait une coquette somme, mais l'associé de Francis, homme peu scrupuleux, s'en octroyait la majeure partie, alors que sans les talents de mécanicien du Français la drague n'aurait pas bougé d'un pouce. Un matin cependant, elle refusa obstinément de démarrer. Durant des jours tout fut tenté mais rien n'y fit. Trop souvent réparée, trop durement mise à l'épreuve, usée de partout, elle avait rendu l'âme. Elle fut abandonnée là, le long du ruisseau Bonanza, et Francis Pernet dut chercher un nouvel associé. En dépit de la malhonnêteté du dernier, son sac d'or avait grossi et il envisageait l'avenir avec optimisme.

Il retourna à Dawson City pour prendre un peu de repos. Quelque cinquante ans plus tôt, la chose n'aurait guère été possible, car un vent de frénésie soufflait sur la ville. Ceux qui se sentaient riches menaient grand train; jour et nuit les échos des innombrables bars, dancings ou cabarets emplissaient les rues. Ne venaient là que les chercheurs d'or qui voulaient profiter de leur magot, et celui qui se pavanait un soir pouvait tout aussi bien se retrouver une semaine plus tard au fond d'une mine, à piocher comme un forçat pour récupérer l'or si allégrement dilapidé. Avec les salles de jeu, les fortunes changeaient de mains aussi vite que le soleil succède à la pluie. Pourtant, la tempête s'est bien vite apaisée, et Dawson City est devenue une petite ville tranquille peuplée de souvenirs fabuleux qui circulent encore parmi les maisons abandonnées. Les chercheurs d'or, beaucoup moins nombreux, n'y passèrent bientôt plus que pour s'approvisionner.

Francis Pernet savourait ce calme après de longues et pénibles semaines sans repos au service de la drague. Il appréciait de pouvoir se détendre un peu, mais l'entracte se trouva brusquement interrompu par la rencontre d'un homme ruiné et abattu, prêt à vendre toute son installation pour payer son billet sur le premier bateau en partance pour Whitehorse.

Le Français lui proposa d'attendre un peu, de s'associer avec lui et de tenter la chance une fois encore.

— D'accord, dit l'homme, mais c'est vraiment la dernière, si je ne fais pas fortune rapidement je rentre chez moi.

Le lendemain, ils allèrent examiner le matériel : une petite excavatrice, des tambours pour laver la terre, des caissons pour trier les cailloux... le tout nécessitant pas mal de réparations. Néanmoins, l'affaire fut conclue : l'un apportait l'équipement, l'autre sa compétence. Le partage des bénéfices se ferait en deux parts égales. Les nouveaux partenaires décidèrent d'exploiter un autre ruisseau, un tributaire du Hunker jugé plus prometteur et situé à quelques dizaines de kilomètres. Le temps d'acheminer le tout, de remonter l'installation, de la remettre en état, et deux mois s'écoulèrent avant que la vieille machine grinçante ne recommençât à mordre la terre.

Moins perfectionné que celui de la drague, ce système demandait davantage de temps pour dégager le précieux métal jaune. Les résultats se firent attendre, au point que l'équipier de Francis parlait à nouveau d'abandonner. Ce n'est qu'après quelques semaines, lorsque de belles pépites apparurent, ruisselantes dans les tamis, qu'il changea d'idée, subitement réconforté par ce succès qu'il n'espérait plus. À partir de ce jour la chance ne quitta plus les deux hommes, si bien que pendant dix ans ils exploitèrent la même vallée. Leur sac d'or atteignit alors un poids respectable qui leur eût permis bien des fantaisies dans un endroit moins sauvage, mais une amitié s'était développée entre eux, et ni l'un ni l'autre ne songeait à quitter cette vie de pionnier qui, malgré ses aléas, leur procurait des joies inconnues dans les villes.

Cependant, là moins qu'ailleurs, l'homme n'est maître de son destin, et, un soir d'hiver, le compagnon de Francis ne revint pas à la cabane. Il était parti relever ses collets à lièvres, comme il le faisait régulièrement puis, sans doute pour profiter du soleil rare en cette saison, avait continué bien au-delà de sa ronde habituelle.

Lorsque, à la nuit tombante, Francis vit qu'il n'arrivait toujours pas, il chaussa ses raquettes pour partir à sa recherche, mais l'obscurité, bientôt, l'obligea à rebrousser chemin. Rongé d'inquiétude, il ne dormit point de la nuit et très tôt le lendemain

reprenait la piste de son compagnon, facile
à suivre sur la neige qu'aucun vent ne
tourmentait. Il traversa ainsi des kilomètres de landes et de forêts avant de voir
ses grandes empreintes de raquettes
s'engager sur une rivière gelée. Elles
s'arrêtaient en plein milieu, devant un trou
que le froid n'avait pas encore refermé.
L'homme avait sous-estimé l'épaisseur de
cette glace que de sournois tourbillons
affaiblissaient et s'était noyé, entraîné sous
la surface gelée. Il faudrait attendre le
printemps pour le retrouver, au pied de
quelque chute, ou dans une anse paisible,
flottant parmi des billots.

Francis en éprouva beaucoup de peine.
Cette année-là, l'hiver lui parut terriblement cruel, alors que seul dans sa cabane il
n'avait que les loups pour voisins. Contraint par les tempêtes à passer la majeure
partie de son temps à l'intérieur, il ne
cessait de penser, de réfléchir en écoutant
craquer son feu. Mais la chaleur du poêle
ne l'atteignait plus depuis que la solitude
lui glaçait le cœur. Parfois il préférait sortir
dans le blizzard pour dépenser ses
énergies autrement qu'à ressasser des
souvenirs. Maintes fois pourtant il revit

toute son existence, refaisant le chemin à l'envers, repensant aux différents chercheurs d'or avec qui il avait trimé, échoué ou réussi. Il possédait maintenant un gros sac de pépites, mais sa solitude pesait plus lourd encore.

C'est alors que, peu à peu, une idée grandit dans sa tête. Il commençait à vieillir, et s'il se savait capable de trouver encore beaucoup d'or, il doutait par contre de connaître à nouveau l'amitié. Un matin il se dit: «Continuer à exploiter seul une telle installation serait bien trop fatigant, j'ai plus d'or que je n'en dépenserai jamais, je ferais mieux de rechercher mon compagnon des premiers jours, Peter Matuliska.»

Il se souvenait qu'au moment de leur séparation, voilà plus de vingt ans, le Yougoslave voulait explorer les petits tributaires du ruisseau Eldorado. Comme ses méthodes artisanales ne lui permettaient pas d'avancer bien vite, peut-être se trouvait-il encore dans cette contrée?

— C'est décidé, dit Francis en frappant du poing dans sa main, au printemps je me mettrai en route.

Mais le printemps tarde toujours un peu au Yukon, et cette année il semblait encore moins pressé, retenu par les neiges de mai. Malgré son impatience, Francis dut encore attendre que le nouveau soleil ait séché les chemins, car le dégel les laissait dans un tel état, boueux et défoncés, qu'aucun véhicule ne pouvait s'y risquer. Il possédait un vieux camion, réparé d'innombrables fois et complètement révisé pour la circonstance, car la longueur du périple pouvait largement dépasser les prévisions et, dans ce pays désert... Par précaution Francis remplit une caisse d'outils, de pièces de rechange et bien sûr prépara nourriture, couvertures, nécessaire de bivouac.

En quittant sa cabane, ce matin de juin, il ressentit l'impression vague de tourner une nouvelle page de sa vie. Sans hésiter, il se dirigea vers la vallée de l'Eldorado. En cours de route il questionna les quelques chercheurs d'or qu'il rencontra, mais aucun ne put lui dire où se trouvait Peter Matuliska. La plupart ne bougeaient plus de leur coin lorsqu'ils découvraient un filon qu'ils exploitaient jusqu'à la dernière pépite. Francis se fiait donc à son intuition, bien décidé à passer la région au peigne fin.

Il n'eut pas tant à faire, car après une semaine à travers les épouvantables chemins de cette vallée légendaire, il s'engageait le long d'un petit ruisseau appelé Oro Grandé et parvenait bientôt à la cabane du Yougoslave.

Peter n'en crut pas ses yeux. La joie secouait sa carcasse de géant et le faisait balbutier comme un enfant.

— J'ai trouvé beaucoup d'or, dit-il après la surprise des retrouvailles. Ça fait des années que je n'ai pas bougé d'ici, ma mine est à côté, et je travaille toujours à la pioche, ajouta-t-il dans un grand rire.

Ils allèrent visiter la mine creusée à la base d'une petite colline, le long du ruisseau. Derrière une porte usée par le temps, d'étroites galeries s'enfonçaient dans le noir, étayées par des poteaux en sapin. Parvenu à l'extrémité, le Yougoslave posa le rayon de sa lampe sur la paroi humide et, avec un pic gratta un peu la terre qui s'écroula en scintillant.

— C'est plein d'or là-dedans, fit-il, j'en ai ramassé plus qu'il ne m'en faut, je ne cherche plus que pour me distraire.

Francis expliqua que lui aussi pouvait très bien s'arrêter de travailler.

— Dans ce cas, pourquoi ne viendrais-tu pas t'installer par ici? Nous pourrions nous voir et parler du bon vieux temps!

— C'est une idée, dit Francis, une bonne idée, la meilleure que nous puissions avoir pour continuer à profiter du pays.

Ils passèrent l'été à rebâtir la cabane du Français, deux ruisseaux plus loin que celle de Peter et, dès lors, purent s'accorder de longues heures à évoquer des souvenirs et se raconter leurs vies d'aventuriers.

Deux fois par mois ils allaient ensemble, avec le camion de Francis, s'approvisionner à Dawson City, se rendant en premier, comme un rituel, à la banque pour vendre quelques pincées d'or.

Ils s'étaient mutuellement confié le secret de leurs caches à or, tout en établissant un pacte : si l'un mourait, l'autre pourrait disposer de son sac de pépites sans s'inquiéter d'une lointaine famille depuis longtemps étrangère à son existence.

De paisibles années filèrent ainsi. Les deux amis coulaient des jours heureux. Certes, avec leur magot ils auraient pu s'offrir une vie autrement luxueuse dans le sud, habiter une belle maison, jouir de notoriété, mais ils préféraient le confort rustique de leurs cabanes en rondins et les immensités sauvages du Yukon où la liberté ne connaît pas plus de limites que l'horizon. Ils vivaient sans soucis, acceptant les saisons comme elles venaient, maintenant qu'il n'importait plus de composer avec le temps. Quelquefois ils reprenaient les outils et lavaient quelques pelletées de terre, juste pour le plaisir de voir briller dans la batée les paillettes d'or qu'ils rejetaient au ruisseau.

Mais, un matin, ce fut le drame.

Francis était parti seul à la chasse, sur les traces d'un orignal repéré la veille. Il pistait patiemment son gibier lorsqu'il rencontra un grizzly. On dit dans le nord que le grizzly est, avec le maringouin, le seul animal qui attaque sans être provoqué. Et, malheureusement, celui-ci ne fit pas mentir le dicton. Surpris alors qu'il guettait des saumons dans un courant, il se précipita sur Francis qui, sans pouvoir viser, lui tira une balle dans le flanc. La bête alors se dressa sur ses pattes de derrière et, rendue furieuse par la douleur, se rua toutes griffes en avant. En quelques coups de pattes l'ours lacéra le chasseur de partout puis regagna un fourré afin de lécher sa plaie en sécurité.

Trop sérieusement blessé pour pouvoir rentrer, Francis mourut lentement dans la forêt, seul, comme un animal.

Depuis ce jour, il y a sur le ruisseau Oro Grandé un vieux chercheur d'or qui donnerait son immense fortune pour savoir son ami Francis encore vivant, à deux ruisseaux de là.

Le diable des bois

Un après-midi d'avril, dans un petit village d'Abitibi, quelques trappeurs s'étaient rassemblés au magasin général pour vendre leurs fourrures. La conversation allait bon train, chacun relatant ses exploits de la saison, tout en exhibant ses plus belles captures : renards, martres, visons, castors, pékans, loutres... Dans le groupe se trouvait un homme d'une trentaine d'années, un dénommé Tremblay, qui pour la première fois apportait un joli lot de fourrures et tenait à ce que personne ne l'ignore. Il prenait tantôt l'un, tantôt l'autre à témoin de l'excellence de son travail, ne ménageant pas ses moqueries pour les trappeurs moins bien lotis, malgré leur meilleure expérience. L'homme était connu pour ses vantardises et, d'ordinaire, personne n'accordait grande importance à ses propos, mais là, il fallait bien se rendre à l'évidence, ses prises se classaient parmi les plus belles. Cela surprenait tellement ces trappeurs chevronnés que certains le soupçonnaient intérieurement d'avoir visité des pièges qui ne lui appartenaient pas.

L'un d'eux, le père Ménard, en était pratiquement certain. Vieux coureur des bois, il possédait la forêt mieux que personne, et pas une tanière, pas une ouache, pas un terrier, pas un barrage de castors, pas un chemin à lièvre ou à orignal ne lui était étranger. Depuis son enfance, il avait tendu tant de pièges, capturé tant d'animaux, qu'il connaissait les habitudes des plus secrets et pouvait déjouer les ruses des plus méfiants. Chaque printemps il entrait au magasin général avec un ballot de fourrures qui faisait l'envie de tous; pourtant, cette année, il jeta seulement sur le comptoir quelques peaux de renards, quelques-unes de martres et une de loutre. Une si piètre récolte que l'arrogance de Tremblay s'en trouva brusquement décuplée, mais le père Ménard n'était pas d'humeur à supporter ses railleries.

— J'sais pas comment tu les as eues, tes fourrures, dit-il; mais rappelle-toi, Tremblay, que s'il t'était arrivé la même chose qu'à moi tu crânerais pas tant.

L'autre le toisa d'un air suffisant.

— Vous vous faites vieux, le père, vous parcourez moins de chemin que moi en un hiver.

— Dans le bois j'crains personne, Tremblay, et surtout pas toi, mais quand un carcajou[1] décide de s'installer sur ta ligne de trappe, t'as plus qu'à déménager.

— Vous allez pas m'dire qu'c'est un carcajou qui a gâché votre saison, qu'un vieux rusé comme vous n'a pas réussi à l'attraper!

— Apprends qu'on ne peut rien contre le carcajou, même les Indiens lui cèdent la place. Ils ne l'appellent pas le diable des bois pour rien! Je me croyais plus fort, j'ai voulu m'acharner au lieu de partir

---

[1] Mot indien qui désigne le glouton.

aussitôt, et voilà le résultat, dit-il en montrant ses quelques fourrures.

— Si ça vous sert d'excuse, tant mieux, rétorqua l'autre, moi, jamais un carcajou ne me chassera de mon territoire, j'sais comment les prendre, les carcajous, ça fera simplement une peau de plus dans mon ballot.

Le père Ménard haussa les épaules et préféra ne pas répondre. Aucun des autres trappeurs ne broncha, mais les plus vieux échangèrent un sourire qui en disait long sur leur connaissance du carcajou et la légèreté de Tremblay.

L'histoire fit le tour du village, suscitant bien des commentaires que l'ouverture de la pêche, quelques jours plus tard, détourna vers d'autres sujets.

Puis l'automne revint. La forêt se para de couleurs éclatantes, les érables y flamboyaient d'une infinie variété de rouges, de jaunes, de violets. Comme tous les trappeurs, Tremblay commença à arpenter son territoire de trappe afin de repérer les traces de ses futures victimes. Il arrangea avec du bois mort ses cabanes à martres, ses différentes trappes, pour que les animaux s'y habituent et perdent ainsi de leur méfiance lorsque viendrait la neige et que les pièges seraient installés. Tremblay était content, les nombreuses traces d'animaux laissaient bien augurer de la saison.

Dès que le froid gela les rivières et que la neige recouvrit le pays, il partit tendre ses premiers pièges. Les résultats confirmèrent aussitôt ses espérances; après quelques tournées seulement il totalisait quatre martres, deux visons et un renard. À ce rythme, il envisageait déjà de faire mieux que l'année passée.

Mais, dans la grande forêt, un animal en avait décidé autrement.

Un matin, le trappeur trouva une martre dans un piège, une belle martre, dont la fourrure avait été lacérée à coups de griffes. Et, tout autour, des empreintes bien marquées qui s'éloignaient ensuite dans la direction du prochain piège. Tremblay se hâta le long de cette piste légèrement sinueuse pour découvrir bientôt que, d'un vison capturé, il ne restait que la moitié déchiquetée et aspergée d'un liquide nauséabond. Puis les mêmes traces repartaient vers une trappe construite avec de gros billots et

destinée au pékan. En les suivant,
Tremblay sentait l'appréhension le gagner,
tandis que le cœur lui battait à grands
coups. Il ne découvrit pas d'animal dans la
trappe, bien que le système ait fonctionné,
déclenché d'une patte habile alors que les
trois pièges dissimulés alentour avaient
claqué dans le vide. Ailleurs, il ne trouva
même plus son piège, il le vit bientôt qui
pendait dans un arbre, avec les restes
d'une martre à l'intérieur. Et partout les
mêmes traces qui se dirigeaient sans hâte
vers chacun des endroits piégés, comme si
l'animal les connaissait aussi bien que le
trappeur lui-même. À mesure qu'il avançait, Tremblay ne constatait que des
dégâts. Découragé, il finit par s'arrêter
pour examiner encore ces empreintes aux
cinq griffures bien nettes qu'il n'avait
guère l'habitude de rencontrer.

— Pas de doute, dit-il d'une voix
cassée, c'est le carcajou, c'est bien le carcajou.

Jusque-là, il ne le connaissait qu'à
travers les invraisemblables récits racontés
à son sujet, et qui en font plutôt un animal
de légende, diabolique et mystérieux.
Aucun trappeur ne lui accorde l'attention

méritée tant qu'il n'est pas victime de sa ruse malveillante. Comme la plupart, Tremblay riait de ces extravagances, mais là, après ce qu'il venait de voir, il se sentait désemparé, impuissant face à un si redoutable adversaire. Les innombrables histoires entendues à son sujet lui revenaient soudain, et particulièrement les dernières, celles du père Ménard à la vente du printemps.

Tremblay se rappela aussi ses propres paroles et se prit un instant à les regretter, mais il se ressaisit brusquement.

— Bon sang, je ne vais quand même pas me laisser mener par une bête, s'écria-t-il, comme pour intimider le carcajou peut-être caché sous quelque branche basse.

« C'est toujours des vieux, pensa-t-il, le père Ménard, le père Brisebois, Ti-Paul, qui racontent comment un carcajou les a chassés de leur territoire. À cet âge ils manquent d'audace pour lui faire face, mais moi, Tremblay, je saurai le mettre à la raison, l'animal, je le prendrai, ce carcajou, et je les rendrai tous jaloux au magasin général, le père Ménard et les autres! »

Il retourna à sa cabane pour préparer son plan.

Le lendemain, au point du jour, il repartit avec une pleine musette de lièvres et quelques poissons secs comme appâts. Il pensait qu'il devait, en premier, exploiter cette manie qu'a le carcajou de suivre les pistes de raquettes. À proximité d'une cabane à martre, il creusa un peu la neige, fit un plancher de branchettes sur lequel il plaça un poisson imbibé d'huile de castor. Puis il installa le piège par-dessus et recouvrit le tout de neige avec son tamis, de façon bien égale, naturelle. Il effaça les marques superflues et refit sa trace régulière.

Il appâta normalement la cabane d'un demi-lièvre bien en évidence. Le glouton, s'y rendant en suivant les pistes de raquettes, décèlerait l'odeur du poisson, s'empresserait de gratter la neige et se ferait prendre.

Plus loin, Tremblay utilisa une autre cabane qu'il piégea comme à l'ordinaire. La ruse consistait à dissimuler quatre pièges tout autour. En cours de route, il avait récupéré quelques carcasses abîmées et souillées. Il les cacha comme l'aurait fait le carcajou et y rajouta des pièges. Et puis il sema des boules de graisse gelée contenant un éclat de bois replié et appointé aux deux bouts. Il suffirait que le glouton en avale une seule pour que la graisse, en fondant, libère le bois qui lui perforerait l'estomac.

Tremblay ne négligeait aucune possibilité, il déployait tout son savoir pour varier la disposition de ses pièges, pour tirer parti de ce qu'il connaissait des habitudes du carcajou, à travers ses récentes observations et les récits entendus.

Il termina la journée en construisant un assommoir. Au fond d'une cabane très solide, il plaça un poisson séché et, au milieu, le piège garni d'un gigot de lièvre. L'assommoir formait l'entrée, gros billots en équilibre retenus par un système très sensible de cordes et de bâtons. Que le carcajou, attiré par l'odeur, oublie un instant la prudence, et les troncs l'écraseraient si le piège ne lui retenait la patte avant.

Le jour baissait, Tremblay reprit le chemin de sa cabane en s'écartant prudemment de sa piste du matin. Il repensait à chaque dispositif installé et, satisfait de ses ruses, se demandait laquelle aurait raison du carcajou. Il lui tardait de le voir, cet animal qui faisait tant parler. Malgré sa fatigue, il aurait déjà voulu être au lendemain pour partir relever les pièges.

Arrivé chez lui, il prépara tout de suite son repas et se coucha en rêvant à la surprise du père Ménard et des autres, au magasin général, lorsque lui, Tremblay, exhiberait la peau de cet animal tant redouté.

Le lendemain il se leva très tôt et, fébrile, attendit qu'il fasse assez clair pour se mettre en route. Il marchait vite, la neige volait en arrière de ses raquettes et lui battait les mollets. Le froid intense condensait à mesure son haleine qui se déposait en givre dans sa barbe de trois jours.

Il n'avait pas neigé de la nuit, les marques de la veille subsistaient toutes et Tremblay reprit sa piste encore tracée. Avant les premiers pièges, les empreintes du carcajou apparurent parmi celles des raquettes. Elles venaient d'un gros arbre, comme si hier l'animal avait attendu le passage du trappeur pour lui emboîter le pas. L'homme s'en réjouit, cela confirmait la justesse de son jugement et, plus que jamais, la certitude de trouver bientôt le carcajou prisonnier le gonflait d'orgueil.

En approchant de la première cabane à martre, à travers les arbres il devina une masse sombre étendue en avant.

Aussitôt son cœur se serra et il se mit à courir.

Hélas! il s'agissait d'un pékan.

Un gros pékan trahi par le poisson imbibé d'huile de castor, mais également déchiré, abîmé, aspergé d'urine puante de carcajou.

Tremblay resta un moment pensif, furieux contre ce glouton, qui non seulement venait d'éviter son piège, mais en plus rendait inutilisable l'animal pris à sa place. Sans perdre pour autant confiance, le trappeur continua jusqu'à la cabane suivante.

Là, tout était démoli. L'appât avait disparu, le piège principal avait claqué dans le vide. Les quatre autres dissimulés autour, par contre, restaient tendus. Des empreintes plus accusées révélaient un saut qui avait projeté l'animal par-dessus. Rien pourtant, aucune boursouflure ni tassement, ne signalait leur présence.

Tremblay sentit fléchir son assurance. Il commençait à réaliser que son adversaire n'était pas qu'un vulgaire pillard mais un animal terriblement intelligent. Pourtant, il se refusait encore à penser que parmi ses stratagèmes il ne s'en trouvait un qui lui donnerait la victoire. Il continua, suivant les traces de la bête qui chevauchaient les siennes d'hier.

Il retrouva deux boules de graisse avec l'éclat de bois meurtrier à l'intérieur. Des marques de crocs et de griffes trahissaient une minutieuse inspection du glouton qui les avait délaissées. Plus loin, les carcasses cachées avaient été déplacées, et si les pièges n'étaient pas partis, c'est tout simplement que la neige, jetée avec les pattes et additionnée d'urine gelée, en avait bloqué les mécanismes. Tremblay les récupéra avec une grimace de dégoût.

À présent, le doute commençait à l'envahir. Il appréhendait d'aller jusqu'à l'assommoir, sa trappe la plus astucieuse, la plus solide, forcément fatale pour l'animal qui pénétrerait à l'intérieur. Il voulait y croire, mais tant d'échecs successifs étouffaient ses espérances. Et toujours, en avant de lui, ces traces qui semblaient le narguer, cette piste tranquille qui, de piège en piège, inscrivait dans la neige la ruse et l'audace d'un animal hors du commun.

— Allons-y, dit Tremblay pour se redonner courage, la chance finira peut-être par tourner!

Un pâle soleil baignait la forêt d'une lumière glaciale. Aucun oiseau ne chantait, on n'entendait que le vent qui faisait craquer les branches rendues cassantes par le gel. Le petit monde des bois, invisible et pourtant présent, semblait retenir son souffle pour la dernière confrontation entre l'homme et la bête, tandis que Tremblay se dirigeait vers l'assommoir.

Dès qu'il l'aperçut à travers les branches de sapins, il comprit que le système avait fonctionné. Peut-être l'animal restait-il coincé à l'intérieur? Il se hâta.

Rendu tout contre, il se pencha, haletant, fouillant le fond d'un œil avide.

Rien.

Plus de poisson. Plus de lièvre. Le piège détendu. La cabane intacte.

Sans chercher, cette fois, à contourner les obstacles, le carcajou avait procédé très normalement, faisant d'abord tomber les billots, puis déclenchant le piège en poussant dessus un morceau de bois, afin de pouvoir prendre, sans risque, les appâts. Tremblay s'étonna qu'un animal fût assez habile pour réussir cela, pourtant...

— C'est le diable, murmura-t-il entre ses dents, c'est vraiment le diable.

Il s'assit, découragé.

Dans sa tête défilaient les images de sa défaite. Il revoyait chaque piège sur lequel il avait compté et dont le carcajou s'était joué. Sans attendre que la neige ou le vent n'effacent les empreintes, l'animal avait tranquillement suivi sa piste pour détruire ses attrapes à mesure. Tremblay devait bien admettre sa suprématie, et l'humiliation qu'il en ressentait se transformait en rage sourde, chez lui qui se croyait grand trappeur. Toutes ces histoires dont il s'était toujours moqué devenaient maintenant vraisemblables. Il ne rirait plus dorénavant, lorsqu'on lui dirait que le carcajou se fait craindre de l'ours et du loup, qu'il peut terrasser un orignal, qu'il sait rouler des pierres ou des troncs sur les pièges, qu'il se poste dans les arbres pour sauter sur ses proies… Soudain, Tremblay regretta de ne pas avoir pris sa carabine. Il détailla tous les sapins alentour : peut-être le carcajou y était-il caché, à rire de son infortune. Sans vraiment être inquiet, le trappeur s'attendait à le voir bondir en poussant ce cri terrible que certains comparent au rire d'un dément.

Il se leva d'un coup, récupéra ses affaires et partit à grands pas vers son campement. Une autre inquiétude, terriblement pressante, venait de lui envahir l'esprit : le carcajou est habile à faire partir les pièges, mais sa renommée s'étend aussi à la mise à sac des cabanes de trappeurs.

« Pendant que je reste là à me lamenter, pensa Tremblay, cette sale bête est peut-être en train de tout démolir chez moi. »

Il marcha aussi vite que le lui permettait le terrain encombré de branches et d'arbres morts inégalement recouverts de neige.

Peu à peu sa rancœur s'estompait devant l'appréhension d'ennuis plus graves que la perte de quelques fourrures. De plus en plus il doutait que les déprédations sur sa ligne de trappe satisfassent un animal dont la malveillance paraissait sans limites. L'angoisse lui nouait l'estomac. Il craignait pour sa cabane tout d'abord, mais il s'inquiétait pour les jours à venir aussi : qu'allait-il faire si le carcajou décidait de demeurer dans les parages, maintenant qu'il ne connaissait plus d'embûche à lui tendre?

« Je suis à sa merci, pensa-t-il avec effroi, moi, Tremblay, à la merci d'un animal ! »

Malgré le froid, il sentait la sueur s'infiltrer sous ses vêtements. Dans les endroits dégagés il courait et la neige lui volait jusque dans le dos. Parfois il trébuchait, tombait ou perdait une raquette qu'il rechaussait en vitesse pour reprendre aussitôt son effort, comme si une terrible course était engagée entre lui et le carcajou afin d'atteindre le premier la cabane.

Lorsqu'il arriva enfin, avant même d'entrer il comprit qu'il avait perdu : le carreau de sa fenêtre était cassé.

Tremblay n'osait plus avancer.

Il prit sa hache dans son sac, bien décidé à ne pas manquer la bête si elle se trouvait encore là. Il approcha doucement, détacha ses raquettes et poussa la porte du pied.

Aussitôt ce fut le choc. Il reçut en plein visage une bouffée pestilentielle qui lui souleva le cœur. En mettant son mouchoir contre son nez il ouvrit grand la porte et pénétra dans la cabane.

Le carcajou n'y était plus.

Il ne restait qu'un incroyable saccage. Les ustensiles gisaient sur le plancher parmi les boîtes de sucre, de café, de conserves, ouvertes, cassées ou crevées d'une dent puissante. Le garde-manger, pillé, dégoulinait d'urine malodorante. Le sac de couchage éventré laissait échapper son duvet qu'un courant d'air balayait comme flocons de neige. Les chaises étaient renversées, les habits déchirés. Rien n'avait échappé à la rage destructrice du carcajou.

Hors de lui, Tremblay empoigna son fusil et sortit envoyer quelques décharges dans les arbres en hurlant des injures comme un malappris. Puis, se sentant soudain vidé de toute énergie, il s'assit sur un billot pour réfléchir.

Sa cabane étant inhabitable, il dut construire un abri provisoire devant lequel il fit un grand feu. La nuit lui parut très longue, peuplée de cauchemars où le carcajou apparaissait sans cesse sous les formes les plus terrifiantes. Le lendemain, Tremblay levait le camp pour aller trapper ailleurs.

Les quelques fourrures qu'il récolta cette saison-là, il s'arrangea pour les vendre dans un village où personne ne le connaissait.

L'homme qui fut
obligé de mentir

Dans le petit village de Saint-Sylvestre, en bordure de la grande forêt québécoise, un homme était connu pour ses histoires de pêche toutes plus invraisemblables les unes que les autres.

En été, il ne s'écoulait pas une semaine sans qu'un récit nouveau et fantastique ne vienne alimenter les conversations. Cela partait toujours du magasin général où l'homme, en ayant l'air de se faire prier, racontait avec force détails le dernier épisode de ses exploits. Quelquefois, il n'avait même pas à parler pour entretenir sa légende, il suffisait qu'il achète les plus gros hameçons et du

fil à toute épreuve en laissant simplement
tomber : « Avec ça, je l'aurai bien ! » pour
que le soir même, dans chaque foyer, on
s'interroge sur la taille du monstre qui
osait défier le meilleur pêcheur du
canton.

Comme il habitait seul une petite
maison en dehors du village, et sur le
bord de la rivière, personne ne pouvait
vérifier ses dires. Personne n'y croyait
trop non plus, mais, l'homme n'étant pas
méchant, on le laissait dans ses illusions,
tout en admirant cependant l'imagination
qu'il déployait pour fabuler de la sorte.

Il s'appelait Antoine Laframboise, mais
tout le monde l'appelait Ti-Toine. Lorsque, par hasard, quelque pêcheur le
rencontrait le long de l'eau et lui parlait
poisson, il trouvait toujours le moyen de
s'esquiver sans ouvrir son panier. Jamais
personne ne pouvait le suivre, car il ne
voulait dévoiler ni ses coins favoris ni
ses méthodes infaillibles. De même il
n'acceptait jamais d'invitation, prétextant
que la pêche était affaire de solitude.

Pourtant, au village, quelques hommes
cherchaient depuis longtemps à le
confondre. Toutes leurs ruses avaient

échoué jusque-là, mais voici qu'ils entrevoyaient enfin le jour où Ti-Toine pêcherait avec eux. En effet, un pourvoyeur de pêche, un hôtelier de la forêt, inaugurait un nouveau club dans la région et voulait pour l'occasion inviter les plus fines gaules afin de faire, à peu de frais, de la publicité pour ses lacs poissonneux. Il demanda donc à Ti-Toine de venir pêcher sur son territoire, en insistant sur l'importance qu'il attachait à sa présence, lui dont on vantait tant les exploits.

Ti-Toine refusa en prétextant qu'il n'avait malheureusement pas de voiture.

— Qu'à cela ne tienne, dit l'autre, je viendrai te chercher.

Alors Ti-Toine parla d'un voyage à Québec pour voir une vieille tante malade, ce qui le retiendrait au moins une semaine.

— Peu importe, tu viendras après.

En désespoir de cause, il expliqua qu'il craignait de prendre trop de truites dans ces lacs qui coûtent si cher à ensemencer.

— On les donnera à l'hospice des vieux, comme ça, en plus, tu feras une bonne œuvre, répliqua le pourvoyeur.

Ti-Toine était bel et bien pris. Il ne lui restait qu'à accepter, et le rendez-vous fut fixé au dimanche suivant.

Dès lors, il ne dormit plus comme avant. Cette malencontreuse invitation risquait de ruiner à jamais sa réputation de pêcheur. Bien sûr qu'il ne pêchait pas mieux qu'un autre, mais c'était son secret. Sa réussite consistait à faire croire le contraire, lui qui n'avait guère connu de succès dans sa vie. Et voilà que tout s'écroulait. Il chercha en vain un moyen de se dérober à la dernière minute puis, résigné, pensa avec fatalisme que sur place se présenterait peut-être un moyen de sauver la face.

Il partit donc le dimanche, à l'aube, avec quatre pêcheurs parmi les plus chevronnés du village. Cela demandait une bonne heure de voiture pour atteindre le club, en comptant le mauvais chemin. La conversation roula évidemment sur la pêche, et Ti-Toine parla peu, évitant de s'engager dans des paris qui risquaient de le ridiculiser davantage. Il réfléchissait plutôt, sachant bien que, là aussi, malgré les meilleures conditions, le poisson le bouderait, comme il le boudait si souvent, sans qu'il ne sache encore pourquoi, après des années de pêche assidue. Ses compagnons, à mots couverts, se réjouissaient du bon tour qu'ils venaient de lui jouer et attendaient impatiemment le moment de vérité dont dépendrait à jamais la renommée de Ti-Toine.

Un soleil timide commençait à caresser la pointe des sapins lorsqu'ils arrivèrent au club. Le propriétaire les attendait avec un solide casse-croûte, mais Ti-Toine n'y fit guère honneur. Il prétexta que la voiture l'avait dérangé et qu'il lui tardait de pêcher.

— J'ai quatre lacs dans mon territoire, dit l'hôte, tous aussi poissonneux. À vous de choisir.

Les pêcheurs posèrent des questions sur la profondeur, la superficie, les différents cours d'eau d'alimentation, l'état des berges… Ti-Toine, lui, prenait un air sérieux et ne disait rien. Il attendait que ses compagnons se soient décidés. Deux pêcheurs choisirent le plus profond, un autre le plus grand, et le quatrième le mieux abrité du vent. Puis, comme on demandait à Ti-Toine ce qu'il préférait :

— De toute façon, moi, je ne pêche jamais d'une barque, dit-il, toujours du bord.

Alors, les autres pêcheurs se mirent d'accord entre eux, car ils préféraient se trouver à deux par bateau pour pouvoir ramer à tour de rôle.

Ti-Toine, rassuré, demanda lequel des deux lacs restants était le plus petit, puis ils se séparèrent, se donnant rendez-vous en fin de journée, chacun assurant qu'il ferait la meilleure pêche. Ti-Toine préférait ne pas trop s'avancer sur ce point, pensant en outre que le silence convenait actuellement mieux à son image. Il partit à pied vers son lac, la canne à pêche sur l'épaule et le cœur allégé.

«Même si je n'attrape rien, pensait-il, au moins je n'aurai pas de témoin et je pourrai toujours inventer quelque excuse.»

Il marcha plus d'une demi-heure dans un sentier à peine marqué, barré de branches tout humides de rosée. Les oiseaux chantaient si fort sur son passage qu'un moment il crut qu'eux aussi se moquaient de lui. Et puis, au bas d'une pente, le lac apparut, brillant de mille feux sous le soleil, comme un énorme diamant dans un écrin de sapins. En effet il était petit, peu profond en apparence, et Ti-Toine se demanda bien où pouvait se tenir le poisson.

Il promena sa ligne en divers endroits, à proximité de hautes herbes, devant l'embouchure d'un ruisseau, le long d'un tronc immergé... Sans succès. Il essaya différents appâts, changea plusieurs fois de méthode..., toujours en vain. Le soleil commençait à chauffer qu'il attendait encore de sentir la première touche. Déjà il se préoccupait davantage de ce qu'il raconterait en rentrant que de pêcher sérieusement.

Il venait de lancer sans conviction près d'un gros rocher, à une dizaine de mètres du bord, lorsque soudain le fil se tendit brutalement. Surpris, Ti-Toine pensa d'abord avoir accroché le fond mais, lorsqu'il sentit une secousse, il ferra si fort qu'il arracha littéralement de l'eau un poisson qui, après un vol plané, retomba sur la mousse en arrière. Ti-Toine se précipita. C'était une truite, une belle truite brune avec des points rouges. Notre homme se sentit soudain revigoré par cette prise qu'il n'espérait plus. Il attacha une cordelette à un piquet, la passa à travers les ouïes du poisson qu'il remit ainsi à l'eau pour qu'il reste vivant jusqu'au moment du départ. Puis il relança au même endroit. À peine le flotteur s'était-il stabilisé, qu'une autre truite l'enfonçait. Comme la première, elle prit la voie des airs avant d'atterrir sur la mousse. Ti-Toine, rayonnant de bonheur, l'enfila vite sur la cordelette. Sans tarder, une troisième emprunta le même chemin. Et une quatrième, une cinquième... En peu de temps, dix truites se retrouvèrent prisonnières à ses pieds. Ti-Toine ne contenait plus sa joie, à chaque poisson il criait et, dans son excitation, il n'arrivait même plus à mettre correctement les vers de terre sur l'hameçon. Rarement il avait fait de si belles captures. Ah! les autres pensaient rire de lui, eh bien, on allait voir qui rirait le plus!

Et la pêche miraculeuse continuait, au point que notre homme ne prenait plus le temps d'accrocher les poissons à la cordelette. Il les lançait derrière lui, au pied des arbres, assez loin de l'eau pour qu'ils ne risquent pas de replonger. De même, il ne les comptait plus; depuis le vingtième il se contentait de jeter de brefs regards vers le tas qui s'agitait sur la mousse. Il ne voulait pas perdre une seule seconde tant que cette manne s'intéressait à ses appâts.

Il jubilait. C'était inespéré; cette seule journée de pêche allait d'un coup accréditer des dizaines d'histoires et faire de lui le grand pêcheur qu'il disait être. Et, par la même occasion, clouer le bec à tous ceux, dans le village, qui doutaient de ses capacités. À commencer par les quatre pêcheurs qui l'avaient amené dans ce club. Eux qui voulaient tant s'amuser deviendraient les témoins de son magnifique succès. Un tas de truites comme celui-là, ça ne se voyait pas tous les jours…

— Tiens! dit Ti-Toine en se retournant, je le croyais plus gros mon tas!

Mais la pêche l'accaparait trop pour qu'il songe à se poser des questions. Dans l'instant, seul lui importait l'intérêt sans précédent que les poissons manifestaient pour sa ligne. Si une truite avalait trop profondément l'hameçon, il n'hésitait pas à lui arracher la moitié de la gueule plutôt que de prendre quelques secondes pour la libérer proprement puis, dans sa précipitation, il la lançait en arrière sans vraiment regarder où elle tombait, pendant qu'il choisissait un autre ver.

— Mais, ai-je la berlue, dit-il au bout d'un moment, mon tas diminue!

En effet, il ne restait que cinq à six poissons groupés et deux autres qui se débattaient un peu plus loin.

Perplexe, Ti-Toine se demandait sérieusement s'il rêvait, lorsqu'il entendit un léger craquement de branches dans la forêt toute proche et soudain, sans plus de bruit, il vit sortir un ours qui, très calmement, se dirigeait vers les poissons.

Tellement stupéfait, Ti-Toine ne pensa même pas à fuir sur le coup. Il regarda, dépité, l'ours prendre une truite avec sa patte, la porter à sa gueule et l'engloutir en trois bouchées avant de passer à une autre. C'est alors que le déclic se fit dans la tête du pêcheur, il saisit prestement la cordelette avec les dix truites conservées dans l'eau et s'enfuit vers le sentier menant à la cabane.

Il connaissait les ours et les savait gourmands, mais quant à les croire assez effrontés pour lui voler ses truites à mesure qu'il les pêchait, là, juste dans son dos! Tout un tas de truites! Peut-être trente, quarante! Heureusement qu'il lui en restait dix, bien que ça ne représente plus, hélas! une pêche exceptionnelle.

Il venait de gravir une côte et s'arrêtait pour reprendre haleine, certain que l'ours, trop occupé à manger les derniers poissons ne pensait plus à lui, lorsqu'il le vit qui arrivait d'un pas tranquille. Alors qu'ordinairement, en forêt un ours se tient à bonne distance de l'homme qu'il suit, celui-là continuait d'avancer sans paraître autrement intimidé. Ti-Toine ne s'attarda pas davantage et repartit en marchant le plus vite qu'il pouvait. Le mauvais sentier et les branches gênaient sa progression. Dans une pente il voulut courir mais bien vite le souffle lui manqua, il ralentit et, se retournant, vit que l'ours galopait aussi, étonnamment souple malgré son air balourd.

Alors, Ti-Toine prit peur. Il ramassa une solide branche de bois mort pour se défendre. La cabane se trouvait encore à plus d'un kilomètre et il ne se sentait pas la force de courir jusque-là, certain que, de toute façon, l'ours le rattraperait. L'animal voulait les truites, cependant rien ne prouvait qu'il cesserait la poursuite une fois repu. Ti-Toine ne tenait pas trop à spéculer sur ses intentions, mais brusquement il eut une idée: en abandonnant un poisson de temps en temps il contenterait l'animal et le retarderait. Sans pour autant s'arrêter de marcher, il défit rapidement la cordelette, et, à regret, laissa tomber une magnifique truite sur le chemin.

Lorsqu'il parvint à sa hauteur, l'ours s'en empara délicatement du bout des crocs puis l'ingurgita sans façon. Ensuite il redressa la tête, laissa un instant son gros nez brun se remplir des merveilleux effluves qui le devançaient, puis il reprit sa marche pesante mais terriblement trompeuse. Voyant qu'il se rapprochait un peu trop, Ti-Toine lui concéda un autre poisson. Puis un autre un peu plus loin. Et un autre encore. Le peu de terrain que l'ours perdait en mangeant les truites, il le regagnait bien vite en se mettant au trot.

Ti-Toine voyait diminuer sa réserve sans que son poursuivant ne se décourage. La cabane était encore loin et ses énergies fondaient sous le soleil brûlant. Lui resterait-il assez de poissons pour garder l'ours à distance jusque-là? Il attendait le dernier moment pour décrocher ses truites, et l'ours venait très près de lui maintenant. Il distinguait nettement son regard où ne passait aucune crainte, rien qu'une inquiétante détermination. Plus que les énormes griffes, le bruit des crocs déchirant la chair rosâtre du poisson l'impressionnait et lui donnait des frissons.

Deux truites seulement se balançaient au bout de la corde; la cabane n'apparaissait toujours pas et le souffle de l'ours prenait, là derrière, dans cette forêt indifférente au drame, des proportions terrifiantes. Ti-Toine, dans un accès de panique, crut tout à coup s'être égaré, mais il réussit à se raisonner, presque certain de n'avoir croisé aucun autre chemin. À chaque pas il sentait ses jambes mollir sous la fatigue, pourtant la grosse masse noire qui le talonnait lui révélait des ressources insoupçonnées.

Plus qu'une truite. Rien en vue, que des arbres et ce sentier qui n'en finissait plus. Et la bête toujours là, insatiable, presque à portée de patte.

Ti-Toine lança la dernière truite. Avec la corde.

Maintenant, il craignait le pire. La peur lui donna un sursaut de vigueur, il serra plus fort son gourdin. L'animal venait d'engloutir le poisson et accourait pour le prochain. Tout en se hâtant, Ti-Toine se demandait s'il devait continuer à avancer ou bien faire face brusquement. Mais il n'entrevoyait qu'une certitude : la moindre erreur lui serait fatale. Alors, subitement, il se considéra comme perdu. Si ses jambes fonctionnaient toujours, son esprit abandonnait la lutte. D'une seconde à l'autre il pouvait s'effondrer, à la merci de son poursuivant qui approchait.

Mais soudain, derrière les bouleaux, une incroyable vision : la cabane.

Ti-Toine sentit son cœur bondir dans sa poitrine. Il trouva encore la force de courir et, après ce qui lui sembla durer un siècle, il s'effondra sur les marches du perron, plus mort que vif.

L'ours avait couru aussi jusqu'à l'orée du bois. Maintenant il se tenait là, la tête haute, à observer cette maison avec une voiture à côté. Il hésitait. Il fouillait l'air avec son nez, en quête d'une odeur alléchante, mais comme rien ne paraissait l'intéresser particulièrement, il fit demi-tour et repartit tranquillement en direction du lac.

Ti-Toine demeura affalé devant la porte, le temps de recouvrer son souffle, puis il rentra dans la cabane et s'allongea sur le premier lit qu'il trouva. Le camp était désert, tout le monde se trouvait encore à la pêche, et dans cette quiétude, la fatigue et l'émotion eurent tôt fait de le pousser dans un profond sommeil.

Il se réveilla beaucoup plus tard, en entendant ses compagnons revenir de leurs lacs, et tout de suite il remarqua que s'ils faisaient grand tapage pour ranger le matériel, leurs voix, par contre, sonnaient beaucoup moins fort qu'au matin. Ti-Toine se leva en vitesse et fit comme s'il venait juste d'arriver.

— Alors Ti-Toine, bonne pêche? lança l'un d'eux dès qu'il sortit de la cabane.

Mais avant de le laisser répondre, un autre enchaîna :

— Comment veux-tu que Ti-Toine ait fait bonne pêche, alors qu'aucun de nous n'a pris la moindre truite. Quand le temps n'y est pas, on peut pêcher de toutes les façons, ça ne mord pas!

Comme les regards se portaient sur Ti-Toine, celui-ci marqua un temps, l'image de son tas de truites emplit son esprit, aussitôt chassée par celle de l'ours les dévorant jusqu'à la dernière. Il esquissa un pauvre sourire et dit :

— Non, moi non plus, je n'ai rien pris.

La découverte du bonheur

Un homme habitant Vancouver trouvait son existence bien pénible depuis quelque temps. Son employeur l'avait congédié et sa femme venait de le quitter. La vie le boudait, rien ne semblait vouloir s'arranger pour lui. Jusqu'au soleil de ce début d'été qui le laissait indifférent, lassé de sa propre ville dont il ne supportait plus ni le visage ni les bruits familiers. À bout, il décida de partir camper dans le Yukon, pensant qu'une cure de solitude en ces vastes espaces lui permettrait de faire le point sur ses problèmes.

Il alla en autobus jusqu'à Dawson City et de là, à pied, sac au dos, il s'enfonça dans les montagnes. Bien que les rares routes ne soient pas très fréquentées, il les évitait, suivant plutôt les chemins tracés le long des cours d'eau par les chercheurs d'or du siècle dernier. Parfois il débouchait sur un village abandonné, riche d'un fabuleux passé, livré maintenant à l'oubli et aux orties. Lorsqu'il restait des baraques debout il choisissait la plus solide et s'installait là pour quelques jours. Il passait de longs moments à détailler ces vestiges, à rêver d'une aventure qu'il aurait aimé vivre, lui qui ne connut jamais que l'atmosphère étouffante des bureaux où chaque jour, de neuf heures à dix-sept heures, il s'efforçait de gagner sa vie.

La plupart du temps cependant, il plantait sa tente au bord d'un ruisseau ou d'un lac et s'attardait, le soir près du feu, à contempler la beauté majestueuse des paysages que le soleil couchant parait de teintes chaudes et douces.

Il vivait de peu de chose. De poissons qui abondaient partout, de champignons qui tapissaient les sous-bois, de pain qu'il faisait lui-même avec un mélange tout préparé. Bien que la cuisine lui demandât beaucoup de temps, il se complaisait dans ces gestes simples et essentiels appris très jeune mais depuis longtemps relégués par la vie citadine.

Après deux semaines d'errance, il se trouvait assez loin de tout endroit habité pour se croire le seul homme sur terre, et cette idée le remplissait d'une merveilleuse sensation. Il avait beaucoup marché ce jour-là, abandonnant chemins et sentiers pour suivre à travers les broussailles un tout petit ruisseau. Rien vraiment ne l'obligeait à tant d'efforts, que le simple désir de connaître un endroit vierge, de se dire que, peut-être, jamais personne n'y avait posé le pied avant lui. La nuit tombante lui laissa tout juste le temps de dresser sa tente et de préparer son repas.

Il se coucha fourbu et dormit plus que d'habitude cette nuit-là; lorsqu'il se réveilla, le soleil brillait déjà haut dans le ciel. Avant toute chose, il entreprit de laver sa vaisselle de la veille mais, comme il trempait son assiette dans le ruisseau, un reflet sur le fond attira son regard. Il plongea la main et retira une poignée de sable et de gravier parmi lesquels brillait un caillou gros comme une fève.

De l'or?

Il l'examina mieux, le gratta avec son couteau, le cogna contre une pierre, le frotta.

Oui, de l'or.

Alors, fébrile, il fouilla encore le sable et, en moins d'une heure, découvrit d'autres pépites dont la plus grosse avait presque la taille d'une noisette.

L'homme n'en croyait pas ses yeux. Le cœur lui battait fort.

— Je suis riche, hurla-t-il, je suis riche, comme pour communiquer aux oiseaux l'immense joie qui venait de l'envahir.

Toute la journée il creusa le lit du ruisseau, se servant de son assiette en métal comme d'une batée, ainsi qu'il l'avait vu faire au cinéma. Il ne s'arrêta qu'à la nuit, mort de fatigue mais terriblement excité à la vue de cet or qui, versé dans un sac de plastique, représentait le volume d'un œuf de pintade.

Avant de se coucher, il glissa plusieurs fois la main dans le sac, prenant plaisir à sentir couler les grains de métal jaune entre ses doigts. Néanmoins il dormit mal, tantôt fou d'espoir, tantôt découragé à la pensée qu'il ne s'agissait peut-être pas d'or, mais de cailloux sans valeur. Il devait s'en assurer au plus tôt, et ce n'est qu'après avoir décidé de redescendre à Dawson City qu'il connut enfin le vrai sommeil.

Le lendemain matin il crut avoir rêvé, mais le sac de plastique, à portée de la main, lui rappela sa décision. Il se hâta de lever le camp. Tout en pliant sa tente il réfléchissait :

« Voyons, j'ai mis douze jours pour arriver ici, avec de nombreux détours et arrêts. En marchant plus vite, en restant sur les grands chemins, je devrais atteindre Dawson City en quatre ou cinq jours. L'essentiel est de situer parfaitement le ruisseau pour le retrouver à coup sûr. »

Il prit une feuille de papier et commença, tout en haut, par faire une croix, puis il la plia en quatre.

« En notant chaque chemin pris, chaque ruisseau rencontré, chaque lac, chaque colline, c'est bien le diable si je ne m'y retrouve pas ! »

Cinq jours plus tard il débouchait sur la butte effondrée qui surplombe Dawson City. Il inscrivit une dernière indication sur son plan, le referma soigneusement et le glissa dans sa poche comme s'il s'était agi d'un chèque de plusieurs millions.

Il se rendit aussitôt à la banque. L'employé le dévisagea durement, avec sa barbe en broussaille, ses cheveux collés par la sueur, ses habits poussiéreux. Lorsqu'il présenta son sac de plastique et en fit couler les pépites, l'homme derrière le comptoir fronça le sourcil, méfiant et étonné. Il prit le sac et disparut dans un bureau.

Quelques minutes plus tard il revenait, accompagné du directeur tout aussi suspicieux.

— Où avez-vous trouvé ça?

— Heu!… là-bas, dans les collines…

— C'est bien de l'or, il y en a pour plus de mille cinq cents dollars. Est-ce que vous avez une concession?

— Heu! une concession, non, mais je vais en prendre une…

— Vous feriez mieux! Vous le vendez cet or?

— Non, non, je le garde… Merci.

Il reprit son sac et sortit précipitamment. Dehors il respira un grand coup, marcha un peu, s'assit au bord du Yukon. Il regardait couler l'eau sans la voir, trop d'idées se bousculaient dans sa tête.

Lui qui avait quitté Vancouver accablé de dettes et de soucis entrevoyait subitement la possibilité de devenir très riche. D'un naturel plutôt pessimiste, il n'osait cependant croire que tant de chance lui arrive sans quelque mauvaise surprise en retour.

« La concession appartient peut-être à quelqu'un, pensa-t-il. Comment le savoir, comment la décrire sans attirer l'attention et ruiner ma découverte. Mieux vaut ne pas en parler. Qui dans ce coin perdu, là-haut, s'apercevra de ma présence? »

Il resta longtemps immobile, à réfléchir, puis se leva d'un coup, rempli soudain de détermination.

En premier il revint à la banque et, à l'employé surpris, dit qu'il voulait vendre son or. L'autre le pesa méticuleusement dans la balance à plateaux toujours installée sur le comptoir, même si elle ne sert plus très souvent, et, après quelques calculs, lui remit mille six cent cinquante-cinq dollars. Ensuite, notre homme se rendit dans un garage et acheta une vieille camionnette capable de rendre encore des services. Au magasin général il se fournit en pelle, pioche, hache, scie, marteau, clous, lampe à huile, batée, auxquels il ajouta de la toile en plastique, du treillis métallique, des rouleaux de fil de fer, des planches et de nombreux outils encore, sous l'œil moqueur du vendeur qui le prenait pour un illuminé atteint, avec un siècle de retard, par cette fameuse «fièvre du Yukon» qui draina tant d'aventuriers dans la région.

À l'épicerie, il fit ample provision de nourriture sèche et en conserve puis, avant de quitter Dawson City, il se rendit à la poste pour envoyer à ses parents, à ses amis, quelques courtes lettres disant de ne pas s'inquiéter, qu'il ne rentrerait pas avant l'hiver. Il récapitula une dernière fois son chargement avant d'engager la camionnette sur le chemin des collines. Grâce à son plan, il se repéra sans trop de difficulté, et, à la tombée de la nuit, il parvenait au bout de la route carrossable.

Il dressa sa tente, alluma un feu et repassa chaque minute de cette incroyable journée. Tout s'était déroulé comme dans un rêve: l'arrivée à la banque, la confirmation que les pépites étaient bien en or, l'achat du véhicule, du matériel, de la nourriture, l'envoi des lettres qui ne manqueront pas d'intriguer, puis le retour grâce au plan... Lui qui n'aimait guère présager de l'avenir avait ce soir la certitude qu'une existence nouvelle s'annonçait. Il s'endormit difficilement, agité par la hâte de vivre les prochains jours.

Au matin, il commença très tôt à transporter son matériel. Le ruisseau se trouvait encore à plusieurs kilomètres dans la forêt, et si cela représentait un travail énorme que de tout acheminer jusque-là à dos d'homme, par contre, l'absence du moindre sentier lui garantissait un indispensable isolement.

Il fallut deux jours à notre chercheur d'or pour vider sa camionnette et se trouver enfin à pied d'œuvre. Ce soir-là, malgré sa fatigue, il profita des dernières lueurs du jour pour laver quelques pelletées de terre qui lui laissèrent trois petites pépites. Il les contempla un instant puis les fit glisser dans une boîte en fer-blanc achetée à cet effet. Le tintement métallique lui mit aux lèvres un curieux sourire de satisfaction.

Le lendemain il se leva avec le jour, et l'envie le pressait de se mettre aussitôt à creuser et à tamiser la terre, mais il importait qu'au préalable il s'installât plus confortablement. Il entreprit donc la construction d'une cabane. Comme il l'avait lu autrefois dans des livres, il commença par couper des épinettes de même grosseur et, après les avoir sommairement équarries, les empila pour faire les murs, en prenant soin d'entrecroiser les extrémités pour plus de solidité. Sur le toit il étendit la toile en plastique et il en découpa également un morceau pour la fenêtre. Le temps de calfeutrer les interstices avec de la mousse, d'aménager l'intérieur, et trois autres journées passèrent avant qu'il puisse enfin se consacrer à la prospection.

Mais, là encore, il devait s'organiser.

Laver la terre à la batée demandait beaucoup de temps, sans permettre de fouiller un fort volume chaque jour. Les chercheurs du siècle dernier avaient inventé divers systèmes plus rapides dont notre homme essaya de se souvenir, lui dont les lectures d'adolescent se nourrissaient d'aventures du pays de l'or. C'est ainsi qu'il fabriqua un grand tamis avec les planches et le treillis, qui donnerait la possibilité de traiter rapidement de gros tas de terre. Il y rajouta des caissons, des bassins, tant et si bien qu'il ne récolta vraiment ses premières pépites qu'au bout d'une semaine, lorsque, après de nombreuses mises au point, l'installation fonctionna enfin : un conduit amenait l'eau du ruisseau au-dessus du tamis où elle tombait sur chaque pelletée de terre déposée. En quelques minutes le tri s'effectuait, et il ne restait sur la grille que la pierraille et les pépites les plus grosses. La terre entraînée plus loin serait ensuite lavée pour délivrer sa poussière d'or.

Le premier jour il recueillit l'équivalent d'un fond de tasse à café. Et le suivant aussi. De l'aube au coucher du soleil il piochait, pelletait, grattait, lavait la terre, sans même prendre vraiment le temps de manger. D'ailleurs il ne pêchait plus comme avant, ni ne ramassait de champignons, il se nourrissait uniquement de conserves et ne vivait que pour l'or. Chaque soir il versait dans sa boîte son travail de la journée et, avant de succomber à la fatigue et au sommeil, il contemplait son trésor grossissant, faisant sauter dans sa main les pépites les plus lourdes. Il en perdait la notion du temps, seul lui importait le niveau d'or dans la boîte.

Un soir, au bout de quatre, cinq, ou six semaines, il n'aurait su dire, la boîte se trouva pleine; même que le couvercle ne s'enfonçait pas tout à fait. Il la vida sur une toile, et des deux mains, fit ruisseler cet or qui scintillait sous la flamme de sa lampe.

— Voyons, dit-il, combien cela représente-t-il? À la banque j'ai obtenu mille six cent cinquante-cinq dollars pour le fond d'un petit sac et j'ai bien là… cinquante, soixante, cent fois plus… Ce qui ferait… cent cinquante, deux cent mille dollars peut-être…

Deux cent mille dollars!

Beaucoup plus qu'il n'espéra jamais posséder. Jusque-là, tellement absorbé par cette prospection, abruti de fatigue, il n'avait pas vraiment évalué le résultat de son labeur.

Deux cent mille dollars!

Soudain il se trouva déconcerté. Venu ici pour réfléchir, pour prendre dans le calme de grandes décisions, voilà qu'après la découverte d'une pépite d'or, ses préoccupations avaient subitement pris un tout autre chemin.

Les problèmes qui empoisonnèrent si bien son existence lui paraissaient très loin, trop loin pour conserver encore quelque importance. Comme Vancouver, sa ville, qui semblait n'avoir jamais existé depuis qu'il vivait seul près de « son » ruisseau.

— Oui, dit-il tout haut, j'ai vraiment retrouvé le goût de vivre.

Mais, en même temps, il se demandait si ce n'était pas plutôt les deux cent mille dollars qui lui dictaient ces paroles.

Et soudain il s'inquiéta. Jamais il n'avait songé aux conséquences de ce bouleversement. Maintenant qu'il était riche, une vie différente s'offrait à lui. Saurait-elle le combler comme celle qu'il menait là? Et, saurait-il, lui, tenir le rôle d'un homme fortuné? Saurait-il faire face aux problèmes de l'argent? Autant de questions auxquelles il passa une partie de la nuit à chercher une réponse. En vain.

Cependant, cette insomnie ne lui fut pas inutile, il décida de ralentir ses activités et de prendre le temps de s'habituer à sa nouvelle condition. Mais le temps, inexorable, ne s'inquiète guère du tourment des hommes et tranquillement, à mesure que l'automne approchait, il raccourcissait les jours tandis que les nuits commençaient à fraîchir. Notre chercheur d'or pensa qu'il devrait s'équiper en fonction du froid, car il n'était plus très certain maintenant de s'en aller avant l'hiver comme il l'avait écrit.

Le lendemain, de bon matin, il se mit donc en route pour Dawson City. Après plus d'une heure de marche à travers bois, il atteignit sa camionnette au bout du chemin. À cause de l'humidité nocturne elle rechigna à démarrer et ce n'est qu'après quelques ajustements que le moteur consentit à tourner. Un peu avant midi, le véhicule s'immobilisait devant la banque. Son riche propriétaire n'avait pris qu'une demi-fiole de pépites, le reste étant soigneusement caché au pied d'un arbre à quelque distance de sa cabane. Le même employé le reçut, toujours aussi méfiant, et lui remit une liasse de billets en échange de son or. Avec cela notre homme se rendit au magasin général pour acheter un poêle à bois, des raquettes, un petit traîneau, un fusil, d'autres outils. À l'épicerie il s'approvisionna largement en pommes de terre, farine, conserves. À la poste il envoya quelques missives très brèves rappelant qu'il allait bien, qu'il restait encore quelques mois. Il acheta un journal puis reprit le chemin des collines.

Comme il sortait de Dawson City, après un virage très prononcé, il dut s'arrêter brusquement pour ne pas écraser un chien gisant en plein milieu de la route. Il le croyait mort, mais en descendant pour s'en assurer, il s'aperçut que l'animal respirait. Sans doute venait-il tout juste de se faire heurter par une voiture. Comme le chercheur d'or s'accroupissait près de lui, le chien entrouvrit un œil et commença à bouger. L'homme le caressa doucement en cherchant sa blessure, mais ne remarqua qu'un gros hématome à l'épaule gauche. Déjà l'animal recouvrait ses esprits et se dressait péniblement pour faire quelques pas en boitant. Voyant qu'il se tirerait seul d'affaire, l'homme regagna son véhicule et il s'apprêtait à monter dedans lorsque le chien vint s'appuyer contre sa jambe en levant vers lui de grands yeux tristes.

— Tu veux venir avec moi? Eh bien, pourquoi pas, tu n'as pas de collier après tout.

Il le souleva délicatement et le déposa sur le siège.

De retour chez lui, il s'occupa de remettre le chien en forme et employa les jours suivants à améliorer sa cabane avec ses derniers achats. Le gel matinal, déjà, commençait à durcir la terre, et l'homme ne cherchait plus d'or, il se contentait de faire de longues promenades avec son nouvel ami. L'animal se révéla bon chasseur, habile à débusquer le lièvre ou la perdrix, et le menu s'en trouva agréablement renouvelé.

Lorsque tombèrent les premières neiges, l'homme réfléchit longuement face à cette nouvelle échéance fixée quelques mois auparavant. Il ressentait de moins en moins l'envie de regagner la ville. Dans la tiédeur de sa cabane il savourait un bien-être total, au-delà de ce qu'il avait jamais imaginé. Alors il resta.

Il s'enfonça dans cette quiétude sans chercher à lui donner un autre terme, si bien que les années passèrent et qu'il ne quitta plus ce ruisseau perdu, vivant là, avec son chien, un bonheur que tout l'or du monde n'aurait pu acheter.

Table des matières

La collection GRANDE NATURE - Fiction

La proie des vautours

La dérive

Coups de cœur

Les chevaux de Neptune

Terra Nova

La griffe d'ivoire

L'appel des rivières
    Tome 1 – Le pays de l'Iroquois
    Tome 2 – Le caillou d'or

La Louve
    Tome 1 – En sursis
    Tome 2 – Piégés

Le mystère du marais

Sait-on jamais!

La collection GRANDE NATURE - Histoires vécues

Libre!

Sur la piste!

Pien

Ben

Alerte à l'ours

Dompter l'enfant sauvage
    Tome 1 – Nipishish
    Tome 2 – Le pensionnat

Expédition Caribou

Le vieil Inuk
    Tome 1 – Le loup blanc
    Tome 2 – La statuette magique

Entre chiens et loups

Les carnets du Mouton Noir
    Tome 1 – L'hiver en été
    Tome 2 – L'été en hiver

Salut Doc, ma vache a mal aux pattes!
    Tome 1 – Sans blagues
    Tome 2 – S.O.S.

L'envol

L'homme et le diable des bois